넘어졌기에 빛났던 그날

민경재 지음

KB207130

차 례

프롤로그

글을 써본지 꽤 오랜 시간이 흘렀습니다.

더군다나 이런 종이책보단 대본이 더 친근했던 사람이라,

"어떻게 쓸까?"를 처음으로 고민했을 땐 막막하기도 했습니다.

그래서 제 이야기를 그냥 써 내려가 보기로 결정하고,
기억에 남는 이야기들을 추슬러보기로 했습니다.
기억의 방으로 향해 구석진 곳 먼지 쌓인
작은 상자들을 하나하나 닦아내며 옛 기억을 꺼냈습니다.

점점 어린아이에서 어른이 되어가는
과정들이 하나하나 흘러 들어왔습니다.
마냥, 반갑지 않고 아팠기에 구석으로 치워뒀던 그
기억들이 하나하나 모습을 드러냈습니다.

저는 아직 어른이 아니지만,

어른이 된다는 건 아픔에 익숙해지는 게 아닌

무뎌지는 거란 생각이 들었습니다.

그래도 몇 걸음이라도 어른으로 향하는

제 모습이 꽤 좋아졌습니다.

그래서 천천히 글을 써보려고 옛 기억과 마주 섰습니다.

펜을 잡기로 했을 때 새벽 동틀 녘에

잠시 나가서 담배를 한 대 물었습니다.

크게 숨을 들이마시니,

폐가 차갑다 못해 투명해지는

눈 내리는 겨울 새벽이었습니다.

땅 위에 피었던 흔적들이 새하얀 눈에 지워진,

아무 발자국도 찍히지 않았던 세상에

밤을 걸으며

다시 발자국을 남겨 가보려고 합니다.

한 발짝 한 발짝,

다시 채워가 보겠습니다.

라디오 오프닝을 처음 쓴 날

나는 종일 글을 쓰려 애를 썼지만
생각이 막혀 아무리 짜내도 글 한 줄 적지 못했다.

답답함이 목까지 차올랐다.
글은 곧잘 떠오르고 잘 써질거라 생각했는데
그 생각은 자만에 불과했다.
마침 바닥난 우물처럼 내 이야기는 더 이상 흘러나오지 않았다.
그래서 결국 나는 채우지 못한 갈증을 해소하기 위해
집 밖으로 나섰다.

조용하고 텅 빈 집과 달리
번화가 거리에는 화려한 불빛과 소음이 넘쳐났다.

새벽 1시에도 닫지 않은 햄버거집으로 향했다.

커플이 속삭이는 소리
오늘 밤 역사를 쓰겠다는 무리의 소리
술에 취해 아무 말이나 하는 소리
기쁜 일이 있어 놀아야 한다는 소리
슬픈 일이 있어 위로받아야 한다는 소리
각종 소리가 가득했다.

오늘따라 이상하게 이어폰을 꽂고 싶지 않았다.
그저 소음을 즐기며 느긋이 감자튀김 한 조각 한 조각
음미하고 있을 때

'아 어쩌면 이야기는 이렇게 사람들 사이에서 흘러가는
거구나!'

불현듯 그런 생각이 떠올랐다.
사람들의 이야기에 귀를 기울이자
손이 바쁘게 움직이기 시작했다.
백지였던 공책을 검정 잉크로 채워 넣었다.
노트 속 감정들을 정제하고 또 다듬으며
명사에 감정들을 넣어 동사로 만들어 갔다.

그렇게 나의 첫 시작 그리고 우리 라디오
첫 시작을 알리는 오프닝이 태어났다.

.

첫사랑, 첫 키스, 첫 직장, 첫 방송
처음은 언제나 설렙니다.
살아가는 매 순간은 처음으로 이루어지죠.
우리는 오늘 하루도 처음을 살고 있잖아요?

오늘은 OO 라디오의 첫날입니다.

하지만 처음이란 순간이 늘 설레는 것만은 아니죠.
사실 첫 방송을 준비하며 설레기도 했지만
가보지 않은 이 길이 너무 두려웠습니다.
시작도 안 했는데 포기하고 싶기도 했습니다.
그렇게 벌벌 떨며 망설이기를 며칠
문득 이런 생각이 드는 거예요.

흥해도 청춘 망해도 청춘!

여러분은 어떤 도전을 하고 계신가요?

망설이고 계신다면, 두려워하고 있다면

그냥 시작하세요.

가보지 않은 길이 더 신비롭고 재밌잖아요?

앞으로 다가올 여러분의 처음에 늘 함께할게요.

반갑습니다. 여기는 OO 라디오입니다.

.

방송작가 일을 그만두었다

아무것도 모르던 MC 지망생, 성우 지망생, 작가 지망생, PD 지망생 등 다양한 지망생들이 모여 만들었던 지역 라디오를 시작으로 군 제대 후 정식으로 취업했던 예능 막내 작가까지 어려서부터 꿈꿔왔던 일이었는데 그만두었다.

반지하방 속 시간은 더 이상 흐르지 않았다.
지금이 낮인지 밤인지 구별도 가지 않았다.
눈을 뜨면 멍하니 앉아 있고
눈을 감으면 공허 속에 홀로 서 있었다.
매일 치열하게 살다 생긴 여유는 독과 같았다.

아무도 없을 새벽 공원,
홀로 그네에 앉아 있었다.
몇 번 발을 구르자 그네는 저절로 흔들렸고

몸을 맡긴 채 멍하니 바라본 밤하늘을 올려보았다.
별들이 박혀 있었다.

마치, 대본 같았다.
아니, 방송국 같았다.

나에게 상처를 준 사람들
잠은 사치라며 변기에 앉아 졸던 시간들
물 대신 카페인으로 버텨낸 날들
문제가 생겨 온몸에 식은땀이 흘렀던 순간들
새벽 3시 마음에 들지 않는다며
전화로 화를 내던 목소리들
쉬지도 못하게 몰아붙이던 마감들
끝없는 수정과 편집을 요구하던 시간들
정해진 기한에 맞추려 밤을 지새우던 날들
완벽을 요구하며 지워나간 문장들
창밖을 바라보며 한숨 쉬던 기억들

그만둠에 이유를 붙이고 싶지 않았다.
그냥 지쳤다. 그것뿐이다.
이제 막 인정을 받고 대본을 집필하던
나는 시작이 아닌 끝맺음을 썼다.

출입증을 반납해야 하는 날이 밝았다

매일 가던 길이 낯설게만 느껴졌다.
사무실로 향하는 길은 괜히 어색하게 느껴졌고
항상 반갑게 인사하던 팀원들은 첫날처럼 서먹했다.

선배님한테 출입증을 돌려드리려 하자
내 손을 잡고 조심스럽게 말했다.

"새로 온 사람이 바로 그만뒀어.
혹시 다음 녹화까지만 같이 해줄래?"

숨이 턱 막혔다.
지쳤고 또 지쳤기에 더 이상 난 못 움직이거라 생각했다.

시선을 피하자며 고개를 돌리자

구석에 널브러져 있는 대본이 보였다. 다시 설레었다.

지쳤지만

힘들지만

못하겠지만

다시 해보고 싶어졌다.

그렇게 나의 시간은 다시 흐르기 시작했다.

2주라는 시간이 그렇게 빠른지 몰랐다.

마지막 녹화가 끝난 순간 바닥에 주저앉았다.

더 이상 미련도 움직일 힘도 없었다.

그저 멍하니 빈 스튜디오를 바라볼 뿐이었다.

그렇게 출입증을 반납하고 집으로 향했다.

집으로 향하는 길

신발 끈이 풀려도 그냥 걸어갔다.

시커메진 눈 밑

꽉 쥔 대본 너머

고생했다는 문구들

끝이 피부로 와닿았다.

지독하게도 허무했다

소집해제 후 바로 면접을 보고 온 서울이었다.
성공에 대한 강렬한 욕심이 있었다
남들이 부러워할 만큼 나의 능력을 한껏 펼치고 싶었다.
모든 것이 잘 풀릴 거라는 자신감에 가득 차 있었다.

하지만 현실은 참담했다.
내 역량은 한없이 부족했다.
나에게 날카로운 비판과 욕을 퍼붓는 사람들을
상대할 여유도 없었고
그 속에서도 내 뜻을 밀고 나갈 용기도 없었다.

나는 그저 사회 초년생에 불과했다.
윗사람의 눈치를 보기에 급급했고
그들이 좋아하는 것이 무엇인지

그들이 원하는 것이 무엇인지조차 파악하지 못한 채
그저 의욕만 앞선 상태였다.

몸이 지쳐가며 보내는 신호조차도 무시했다.
제발 쉬라는 몸의 요구를 들을 겨를조차 없이
나는 오로지 앞만 보고 달렸다.

이젠 사회생활을 경험하고 글을 쓰는 지금
나는 비로소 깨달았다.
그 요구를 무시하고 달려가면,
결국 몸도 마음도 지쳐버린다는 것을

사람은 쉬는 법을 배워야 한다.
미친 듯이 달려가도 때로는
브레이크를 밟을 줄 알아야 한다.

쉼은 도피가 아니라 회복이다.
자신을 다시 사랑하게 만들고 자신을 돌아보며
이윽고 자신을 사랑하는 법을 배우는 첫걸음이다.

만약, 다시 그때로 돌아간다면 나는 아마 쉼을 먼저 배웠을 거 같다.

달리는 법보다 쉬는 법을 먼저 배웠다면
지금의 나도
그때의 나도
조금은 더 행복했을지 모른다.

어떻게 쉬어야 할지 몰라 그냥 하릴없이 누워있다

머릿속은 온통 흐릿하고 무기력함만이 나를 짓눌렀다.
그래도 뭐라도 해야겠다는 생각에 밤 산책이라도 나섰다.

집 근처에서 담배를 피우기 위해 주머니를 뒤적였다.
초라하게 떨어진 휴대폰을 주워 들고
친구들의 시답잖은 농담을 멍하니 바라보았다.
그 소리는 나를 채우기엔 너무 가볍고 사소했다.

갈 곳 잃은 발길은 다시 집으로 향했다.
집 문을 열자 캄캄한 어둠이 날 반겼다.

그 어둠 속에서
오늘만 적당히 수습한 채 몸을 뉘었다.
텅 빈 몸뚱이를 이불로 동여매자
나도 모르게 혼잣말이 흘러나왔다.

화를 내기도, 괜찮아! 열심히 했잖아 같은
혼잣말로 방안을 가득 채웠다.
마치 어둠을 밀어내려는 듯이

지새운 새벽 속, 가득 찬 혼잣말을 햇빛이 거둬갔다.
사람들이 분주하게 움직이며 출근하는 소리가 들려오자
마지막 혼잣말을 뱉곤 잠을 청했다.

"아 자야겠다."

백수 생활은 참 따분했다

친구도 취미도 모두 포기한 삶 속에서
할 거라곤 아무것도 없었다.

그러다 문득 친구가 전화로 툭 한 마디를 던졌다.
"고향으로 내려와 여행 가자."
가까운 곳으로 가볍게 떠나자는 말에
가볍게 가방을 챙겼다.

오래된 카메라
몇 번이나 읽었는지 모를 헤진 책
손때 잔뜩 묻은 노트와 펜
그리고 옷가지 몇 벌

천안역에 내리니 시간이 오후 8시를 지나가고 있었다.
갑작스럽게 들려오는 클락션소리가 들려왔다.
친구들이 얼른 타라며 재촉하기 바빴다.
목적지가 어디인지 아무리 물어도
어디로 향하는지 알 수 없었다.
오랜만에 바깥에 나와 사람에 치인 몸뚱이는
금방 지쳐 눈꺼풀이 내려앉았다.

잠에서 잠깐깼을 때 톨게이트가 보였다.

부산 톨게이트

잠결에 잘 못 본 줄 알고, 바로 잠들었다.
친구가 깨워 창밖을 보니 바다가 보이기 시작했다.
진짜로 부산에 왔음이 실감되었다.

'아 얘네 드디어 미쳤구나'

시간이 새벽 12시를 지나가고 있을 때

부산 바다에 도착했다.

부산에 왔다.

여행으로 와본 적 없는 이곳에 갑자기 이렇게?

몸에 활기가 돋고 신나기 시작했다.

설레었다.

갑작스러운 부산 여행은

계획은커녕 잠잘 곳도 정해지지 않았다.
그냥 새벽 내내 바다를 돌아다니다가
지칠 때쯤 겨우 자리가 남은 모텔을 찾아 체크인했다.
주인장이 안내한 곳에 주차하고
침대에 몸을 눕히며 생각했다.

이게 뭔 경우인가 싶었다.

아침 해가 떴다 !
부산에 왔으니 국밥부터 먹어야지
신난 마음으로 주차한 차를 향했다.
근데 차가 없었다.
돌연 메시지 하나 남기고 떠나간 그녀처럼
바닥엔 편지 한 장만 덩그러니 남기고 사라졌다.

견인 문구다.

주인이 알려준 자리에 주차했는데?
우린 그냥 웃음만 나왔다.

이 또한 추억 남겠지.

택시를 잡아타고 견인지로 향했다.
벌금을 내고 나서야 국밥집으로 갈 수 있었다.

계획도 없고 몸뚱이 뉠 곳도 없고
황당한 일들이 생기는 게
꼭 내 삶과 같았다.

그래도 됐어.
재밌으면 그만이지 뭐

여행 마지막 날

이젠 서울로 돌아갈 시간이었다.
문득 가방에 여권이 들어 있다는 게 떠올랐다.
'부산에 왔으니 대마도도 가볼까?'
라는 생각이 스쳤다.

친구들한테 물어보니 아무도 여권이 없었다.
결국 혼자 여행 가기로 결정했다.
배를 예매하고 환전을 마친 뒤
숙소를 예약하려 했지만
남은 숙소 자리가 없었다.
노숙해야 하나 고민했지만 법적인 문제가 있을까
걱정되어 다급하게 이곳저곳에 문의했다.
다행히 한인이 운영하는 숙소에서
큰 방 하나가 남아있었고,
제일 작은 방값으로 제공해 주기로 했다.

생각 외로 일이 잘 풀려서 신기했다.

다음날 대마도에 도착했을 때
정말 신기했다.
우리가 흔히 아는 일본이 아니었다.
마을은 조용했고 파도 소리만 적막히 들려왔으며
바다내음이 가득했다.
마치 시간 속에 갇힌 듯한
한적한 시골 마을에 온 느낌이 들었다.
작은 주택들과 끝없이 펼쳐진 바다
그 외에는 아무것도 없었다.

근처에 보이는 아무 식당에 들어가
사시미 정식을 주문했다.
만 오천 원이라는 저렴한 가격에 다금바리 장국이
포함된 정식이 나왔다.
진한 장국과 싱싱한 사시미 정식을 맛보며
뭔가 즉흥 여행의 묘미를 맛본 기분이었다.
이 여행의 시작이 기분 좋게 다가왔다.

식사를 마치고

마을 어귀에 모인 주민분들과 이야기를 나눴다.
한 어르신이 시간이 된다면
88 지장보살 순례길을 가보라고 추천했고 일몰 때는
꼭 아지로의 연흔이라는 곳을 가보라고 하셨다.

이런저런 얘기 끝에
우선 지장보살 순례길을 가보기로 했다.
첫 시작부터 계단이 꽤 높았지만
아무 생각 없이 오르고 나니
대마도 전경이 한눈에 들어왔다.
복잡하지 않고 단조로운 선들로 이어진
한적한 시골 마을과 항구,
소음조차 하나도 들리지 않아 마음이 편안해졌다.

더 이상 가기엔 여독 때문에 체력이 부족하다고 판단해
밑으로 내려와서 자전거를 타고 유유자적 돌아다녔다.

일본에서 가장 아름다운 해변 중 하나라는
미우다 해변도 가보기도 하고
이후 목적지 없이 발길 닿는 대로 갔다.

마지막으로
일몰이 다가올 때쯤 아지로의 연흔을 방문했다.
특이한 모양의 바닥이 장엄한 광경을 내뿜었고
이 넓은 곳에 아무도 없이 오롯이 나 혼자였다.

조용하고 평화롭다.

신기하게 여러 생각이 들 법한 순간인데
아무 생각이 나지 않았다.

그저 멍하니 일몰만 바라만 보았을 뿐이다.

하늘은 붉은 노을로 물들었고
바다는 황금빛으로 물들었다.

특이하게 생긴 바다는 현실과의 경계선을 짓듯
얕은 바닷물의 반사되는 빛이 신기하게 다가왔다.

미친 듯이 아름답고 미친 듯이 따사롭다.

돌이켜 생각해 보면

여러 일이 있었다.

한 번은 녹화가 들어갔을 때
생수 상표가 떼지 않았다는 것을 기억이 났었다.
촬영을 시작하기 전 분명 확인했어야 했는데
왜 그랬는지 모르겠지만 실수로 그 부분을 놓치고 말았다.
순간 머릿속이 하얘졌다.
그 장면이 카메라에 담기는 순간 녹화는 중단되고
그 자리에서 난리가 날 것이 뻔했다.
머리부터 발끝까지 식은땀이 흘렀고
어떻게 해야 할지 몰라 머릿속이 혼란스러웠다.

지금이라도 말해야 하나?
모르는 척 알아서 있어야 했나?

나의 실수로 인해 모두가 불편해지고

문제가 생길 것을 생각하니

머릿속은 갖가지 시나리오 가득했다.

만약, 내가 지금 말한다면 상황은 어떻게 될까?

모두가 내게 질타를 퍼부을까?

아니면 아무도 몰라서 그냥 넘어갈 수도 있을까?

갖가지 생각이 머릿속을 헤집고 다닐 때

한 출연자가 물을 마시려고 손을 뻗었다.

그 출연자는 오랫동안 방송을 해온 베테랑이었다.

그는 생수병을 집어 드는 순간 상표가 떼어지지

않은 것을 즉시 알아차렸다.

놀랍게도 그는 아무렇지도 않게 생수병을 집어 들더니

손으로 상표를 자연스럽게 가리고 물을 마셨다.

그리고 카메라 앵글에서 보이지 않는

아래쪽으로 물을 조심스럽게 내려놓았다.

그러고는 곁에 있던 다른 출연자들의 생수병을

살피며 조용히 상표의 존재를 알려주었다.

그 모든 행동은 순식간에 이루어졌다.

마치 아무 일도 없었던 것처럼 방송은 계속 진행되었다.

나는 그 장면을 지켜보며 안도의 한숨을 내쉬었다.

베테랑 출연자의 침착하고 재빠른 대처 덕분에

큰 사고 없이 상황이 해결된 것이었다.

그 순간 나는 그가 방송계에서 오랫동안 사랑받는

이유를 몸소 체감할 수 있었다.

평소에는 장난기 많고 놀리는 데 집중하던

천생 개그맨이었지만, 보이지 않는 이면에는

모든 상황을 넓게 보고 컨트롤 할 수 있는 모습이

대단하게 느껴졌다.

결국 그날의 녹화는 아무 문제 없이 마무리되었다.

그날의 일은 나에게 많은 생각을 남겼다.

방송작가로서의 삶 그 속에서의 긴장과 부담감.

나의 사소한 실수가 큰 문제로 이어질 수 있는 상황들.

그 모든 것이 내게는 익숙하면서도

어느새 지쳐 있었다는 걸 깨달았다.

과거를 회상하면서 20분 거리에 있는
마트로 자전거를 몰았다

가는 길에는 언덕이 많아서 내내 숨이 가빴다.
주변을 둘러보니 작은 학교와 소방서
그리고 풀밭만 보일 뿐이었다.
산으로 둘러싸인 길을 따라 기다란 터널을 지나자
마치 시골 읍내처럼 보이는 동네가 나타났다.
아기자기한 마을 가운데에
예상외로 큰 마트가 자리 잡고 있었다.

오늘 운이 좋았던지 마트 앞에서는 행사가 열리고 있었다.
파라솔과 테이블, 의자가 즐비하게 놓여 있고
그 옆으로 푸드트럭들이 줄지어 있었다.

일본의 모든 음식을 모아놓은 듯
가짓수가 셀 수 없이 많았다.

양도 적당하고 가격도 저렴해서
다양한 음식을 조금씩 사서 맛보았다.

그렇게 한참을 먹고 난후
저녁에 마실 안주와 술을 구매해서 자리를 떠났다.

돌아오는 길은 꽤 수월했다.
오르막이 많았던 만큼 내리막도 많아
힘이 별로 들지 않았다.

행복이 뭐 별거 있겠는가?

내리막에서 시원하게 바람을 느끼며
정신없이 가던 그때
갑자기 덜컥하고 자전거가 요동쳤다.
간신히 균형을 잡고 앞을 보니
내 사시미와 초밥들이 허공에 날아오르고 있었다.
정신이 아찔했다.

방지턱을 세게 밟은 대가는 처참했다.

공중을 날던 스시와 사시미를 하나하나 주우며
순간의 방심이 초래한 결과를 실감했다.

꼭 그날 같았다.

허무했다

맛있게 술을 먹을 생각에 설레었지만 기대는
허무하게 사라졌다.
그나마 바구니 속에 살아남은 거 가라아게뿐이었다.

'이거라도 먹어야지 뭐'

민박집 다다미방에 앉아서 화려한 술상을 기대했지만
가라아게와 맥주 두 개뿐 조촐하기 그지없어졌다.

초라해진 술상에 앉아 한잔씩 홀짝였다.

가볍게 취기가 돌자 나는 밤바다로 발걸음을 옮겼다.
어둠 속에서 아무것도 보이지 않는 길들 사이로
길게 늘어진 가로등이

마치 어두운 바다로 안내 해주는 것 같았다.
그 빛을 따라가자 파도 소리가 점점 선명해져갔다.

한 치 앞도 보이지 않는 밤바다는 꼭
내 지금 마음속과 같았다.
바닷소리가 귀에 익숙해질수록
현실과 꿈의 경계가 점점 희미해졌다.

벤치에 앉아 한참을 멍하니 바다를 바라보았다.
그러다 문득 한가지 생각이 스쳐 지나갔다.

'이젠 뭐 먹고 살아야 하지?'

평생을 글만 써왔는데 이젠 미련도 후회도 없는데
더 이상 할 줄 아는 거라곤 아무것도 없는데....

그때 문득 옆을 보았다.
아무것도 없을 줄 알았던 내 곁에는 카메라가 있었다.

카메라를 움켜쥐자 차가운 금속이
오히려 나를 따스하게 감쌌다.

어쩌면 내가 글로 표현하던 걸 사진으로
표현할 수 있지 않을까?
글로는 다 담을 수 없는 감정들을 사진으로
담아보면 어떨까?

이제는 공책에서 벗어나 눈으로 담을 수 있는걸
다 담아봐야겠다.

그 순간, 내 진로가 정해졌다.
포토그래퍼 그게 앞으로 내 직업이다.

계획도 없이 길었던 여행이 끝났다

돌아온 반지하방은 여전히 어둠이 가득했다.
낯익은 공기가 코끝을 스쳤고 창문 밖 보이는
자동차 바퀴들도 여전했다.
여행 가기 전 어질러진 이불과 옷가지들 역시 그대로였다.
아무도 다녀간 흔적은 없었다.

여행 다녀와서 달라진 것이라고는
방에 있는 어둠 속 열심히 빛을 내는
노트북 모니터뿐이었다.

익숙했던 어둠을 뒤로하고 노트북 속 사진들을
천천히 바라보며 정리했다.

길고양이, 축제 중이던 마트, 바다
그리고 사람이 보이지 않는 길

자전거를 타고 다녀서인지 생각보단
사진이 많지 않았다.
하지만 그 하나하나가 내게는 작지만 소중한
기억의 조각들이었다.

그 순간순간들이 선명하게 떠올랐다.
글로 여행기를 남길 때는 종종 아쉬움이 남았었다.
아무리 단어를 고르고 문장을 다듬어도
그 순간의 온도나 빛의 색
내가 바라보는 세상을 온전하게 담아내는 게 어려웠다.

그런데 사진은 달랐다.
햇빛 아래 따분한 표정으로
나른하게 일광욕을 즐기는 길고양이들
축제 속 맛있어 보이는 음식들과 활기가 가득한 표정들
사람 한 명 보이지 않았지만

평화라는 단어를 눈으로 보여주던 길거리들
예쁜 바다에서 물장구를 치며 웃음 짓던 사람들
사진 한 장 한 장이
그때의 기억을 생생하게 불러일으켰다.

글은 내가 바라본 것을 추상적이고
감성적으로 표현하는데 탁월했다면
사진은 눈앞에 펼쳐진 순간들에
내 감성을 고스란히 녹여낸다.

갑자기 휴대폰이 바삐 울어대기 시작했다.
친구들이 혼자 다녀온 대마도 여행을 물어보기 시작했다.

"음, 자전거 타느라 죽는 줄 알았어 근데 세상 평온했어."

문자를 보내고 다시 노트북 화면으로 눈을 돌렸다.
한 장 한 장 소중히 정리하고 보정하고 노트북을 덮었다.
이제 새로운 시작을 준비할 시간이었다.

변화는 사소한 곳에서부터
시작한다고 하지 않았는가?

그동안 덥수룩하게 자란 수염을 깔끔하게 잘라내고
미용실에 가서 지저분했던 머리들을 정리했다.
거울 속에 비친 내 모습을 낯설고 새롭게 느껴졌다.

그동안 괜히 무겁게만 느껴지던 것들이 사라졌다.
몸은 조금 더 가벼워지고 눈에는 생기가 돌았다.
변화는 이렇게 아주 사소한 것에서부터
시작된다는 생각이 들었다.

나는 카페로 향해 커피를 주문하고 자리에 앉았다.
커피가 나오기도 전에 급히 구인 사이트에
포토그래퍼를 검색해 보았다.
웨딩, 프로필, 증명사진, 베이비 등 수많은 회사가 있다.
사진도 분야가 정말 많다는 걸 처음 알았다.

다시금 설레기 시작했다.

어떤 분야가 내가 잘할까?

어떤 분야가 내가 재밌어할까?

어떤 분야가 내가 지치지 않을까?

어떤 분야가 이야기를 담을 수 있을까?

결정했다.

웨딩이다.

서비스직은 감정노동이 힘들어

라는 얘기를 누구나 숱하게 들어 봤을 것이다.

이런 이야기들을 들으면서 곰곰이 생각해 봤는데
내가 짜증 나는 순간이면 날카롭고
감정적으로 대하지 않을까? 이런 생각을 했다.

만약 내가 지금 너무 행복하고 1분 1초 흘러가는
이 시간이 아름답게만 느껴진다면?
사람은 날카로워질까?

이게 내가 웨딩을 선택한 이유 중에 하나다.

누군가의 행복한 순간에 함께 할 수 있다는 것
먼 훗날 기억할 때 얼굴은 기억도 남지 않겠지만

그래도 흐릿한 얼굴로 회상하며
"아 그때 그 작가님 너무 좋았는데"

라는 작은 회상이라도 받을 수 있다면
내 삶이 더 풍부해지지 않을까?

헛된 희망이고 헛된 이야기라도 상관없었다.
이미 내 마음은 정해졌고 그들이 뒤에서
무슨 말을 하든 나는 알 수 없는 노릇이다.
그래서 난 내 좋을 대로 생각하기로 했다.

난 그들에게 최고로 좋은 사람
결혼 얘기를 꺼낼 때 떠오를 사람
함께 웃으며 결혼을 준비했던 사람
두고두고 사진을 봤을 때 떠올랐던 사람
그 순간의 행복을 사진에 담아주는 사람
그리고 그들을 가장 축복해 줄 수 있는
사람으로 남고 싶어졌다.

왜냐면 나도 먼 미래엔 그런 순간을 원할 거 같았다.

물론 이런 희망찬 얘기만으로 정하진 않았다.
"모든 일을 힘들고, 내가 맡은 일이 제일 험하고 힘들어"
라는 게 나는 정론으로 생각한다.

그래서 나는 단점보단 장점에 집중하고 싶다.
단점은 어차피 어딜 가나 겪어야하고 아프다면
적어도 장점만은 직업별로 다르고 좋을 것이기 때문이다.

물론 다른 장르들도 좋았지만. 뭔가 재미가 없었다.
뭣보다 난 흡연자이기에 베이비스튜디오는
더더욱 갈 수 없다.
갈 수 있다고 해도 미안해 죽을 것 같기에
손을 대고 싶지 않았다.

결정되자마자 난 이력서를 열심히 돌리기 시작했다.

경력이라곤 사진과는 연관도 없는 방송작가 딱 그 한 줄
어느 회사가 받아줄진 미지수였다.

설레는 마음으로 이곳저곳 이력서를 넣고
집으로 돌아갔다.

오랜만에 발걸음은 가벼웠고
무거운 공기가 느껴지지 않았다.
가장 큰 변화로는 내일이 기대된다는 점이었다.

새로운 시작에 두근거렸다

방송작가 시절의 힘겨움이 아직도 머릿속을 맴돌지만
이번엔 다를 거라는 희망이 있었다.
그때와는 다른 방식으로 접근하고 싶었다.
정확하게는 더 나은 방식으로 접근하려 한다.

단순히 비위를 맞추며 살아남기 위해
발버둥 치는 게 아니라
진짜 실력으로 인정받고 싶었다.

포토그래퍼로서의 첫걸음은
마치 처음으로 돌아간 느낌이었다.
모든 것이 낯설고 배워야 할 것들이 산더미처럼 쌓여있었다.

하지만, 이번에는 다르다.
나에게 '쉼'과 '유연함'이 생겼다.

방송작가 시절엔 늘 쫓기듯 일했지만
이제는 더 차분하게 더 나를 믿고 천천히 나아가고 싶었다.

아직 경험하지 않은 새로운 업무들이 기다리고 있었지만
이상하게도 겁보다는 기대가 앞섰다.
방송작가로 일할 때처럼 지치고 힘들겠지만
이번에는 조금 더 괜찮지 않을까 하는 희망이 있었다.
지난 경험이 나를 더 단단하게 만들었으니까.

어떻게 배우고, 어떻게 행동할지에 대한
구체적인 계획이 머릿속에 떠올랐다.
실패의 기억이 짙지만 이번에는 더 잘 해낼 수 있을 거 같았다.

머릿속은 새로운 가능성에 대한 설렘으로 가득 찼다.

웨딩스튜디오에서 연락이 왔다

가슴이 두근거려 기다릴 수가 없었다.
이 순간이 너무나 간절했던 나는
망설임 없이 바로 다음 날도 괜찮다고 답했다.

면접 날, 스튜디오 문을 열고 들어서는 순간
난 이미 거기에서 어떻게 일하지 상상했다.
예쁜 세트장과 많은 조명 장비
벽면을 가득 채운 웨딩사진들

그 모든 것이 나를 향해 말했다.

'어때? 네가 앞으로 설 무대는?'

면접이 진행되는 동안

나는 떨리는 마음을 스스로 다잡았다.

긴장된 마음을 애써 숨기며 면접을 이어갔다.

면접이 거의 끝나갈 무렵 대표님이 물어보셨다.

"생각보다 일이 힘들 거예요 괜찮아요?"

뻔했고 쉬웠던 답이다.

내가 항상 생각했던 문제였기 때문이었다.

"네 전 어느 일이든 힘들다고 생각해요.

그래서 힘듦이 핑계로 작용하면 안 된다. 생각해요"

대답하곤 자리에서 일어났다.

나름대로 최선을 다했다고 생각했지만

과연 연락이 올까? 라는 생각이 머리를 스쳤다.

나는 아무리 봐도 사진 능력이 훌륭하지도

않았다는 걸 잘 알았기 때문이다.

시간이 지나 서서히 잊혀 갈 때쯤
간절했던 그 연락이 왔다.

"언제부터 출근 가능해요?"

"내일이요"

오랜만에 출근을 했다

스튜디오 구석진 곳에 따로 마련된 사무실에는
다양한 사람들이 모여 있었다.

포토그래퍼라고 하면 떠오르는
힙하고 자유로운 예술가 같은 이미지와는 달리
그저 오늘을 열심히 살아가는 평범한 사람들이었다.

어색한 인사를 나누고

서로 잘 부탁드린다는 말을 주고받았다.

이후 바로 업무에 대한 교육이 시작되었다.

다들 친절했고 일하는 분위기는 차분했다.

나는 일주일 동안 구석에서

촬영이 진행되는 방식을 눈으로 익혔다.

어시스턴트로서 어떤 일을 해야 하는지

그리고 스튜디오가 어떻게 운영되는지

몸으로 배워나갔다.

어시스턴트의 역할은 주로 신랑 신부가

원하는 배경을 설정하고

고객을 안내하며 사진작가를 보조하는 일이었다.

카메라를 바로 잡을 수 없다는 것을 알았기에

작가님들의 작업하는 방식을 눈으로 담으며 배워갔다.

모든 것이 새로웠고, 모든 것이 낯설었다.

하지만 그 낯섦이 불편하기보다는 오히려 설레었다.

신랑·신부님과 소통하며 나누는 이야기들
선배님들의 노하우와 이야기들

이곳에서 나의 첫 역할은 비록 어시스턴트였지만
나는 사진작가가 되기 위해 작
은 한 걸음을 내디뎠다는 것을 느꼈다.

첫 주를 마무리하면서
나는 생각했다.
이제 진짜 시작이구나.
배울 것이 많고 해야 할 일도 많지만
그 모든 것들이 오히려 나를 설레게 했다.

앞으로 나는 어떤 사진을 어떻게 찍을지 궁금했다.
또한, 어떤 모습으로 성장해 나갈지
그 모든 것이 기대되었다.

슬슬 적응될 때쯤 선배님들이 물어보았다

"힘들지 웨딩이 그래~ 주 6일에 박봉이잖아"

솔직히 나는 괜찮았다. 오히려 편했다.
웨딩스튜디오의 바쁜 일정과 주말 없는 삶이란
이야기는 처음부터 들었지만
나는 그 모든 것이 익숙했다 오히려 웨딩이 더 쉬웠다.

이전의 방송작가 생활을 떠올리면 지금은 정말 천국이었다.
퇴근 후에도 끊임없이 울리던 전화
새벽에도 신경질 내며 소리치던 선배
휴무도 없이 계속 이어지는 업무
사람보단 녹화가 항상 우선 되던 순간들
그 속에서 나는 항상 긴장했고,
한순간도 나를 내려놓을 수 없었다.

내 시간이 아닌 그저 방송국에 흐르는
시간의 태엽으로 작동했었다.
하지만 여기는 달랐다.
퇴근을 하면 온전히 나의 시간이었고
밥을 먹다가도 대본을 수정해야 한다는 불안도
잠을 자다가도 누군가가
나에게 욕을 하며 수정해야 한다는 불안도
그 모든 것이 이제는 없었기에 편했다.

그래서 솔직하게 얘기했다.

"솔직히, 편해요. 저 방송작가 했을 땐
새벽에도 전화해서 욕하고 틈만 나면 부르고
그냥 제 시간이 없었어요.
친구들 만나려고 휴무 날 천안에 내려가도
노트북은 항상 들고 갔어요.
밥 먹다가도 대본 수정하려고요
술을 잔뜩 먹고 새벽 3시에 전화를 받고 급하게
피시방에 가서 대본을 수정한 적도 여러 번인걸요"

선배들은 날 보며 얘는 뭐 하는 애인가 싶은
눈빛으로 쳐다봤다.
그들이 보기에는 나는 아직 이곳의 현실을 모르는
허세 섞인 낭만파 사람으로 봤을 수도 있다.

그래서 더 열심히 하기로 마음먹었다.

적어도 그때보단 편했으니깐

이곳에서는 적어도 사람으로
대우받는 느낌이 강하게 들었다.

이제는 슬슬 세트장을 세팅하는 방식에 익숙해지고 요령이 생겼다

처음에는 복잡해 보이던 세팅 방식과
소품들을 다루는 법도 이제는 자연스러워졌다.
촬영이 끝나는 타이밍을 몸으로 알게 되었고
그 순간 바로 다음 촬영을 위한
세팅을 끝낼 수 있게 되었다.

효율적으로 움직이니 촬영 시간도 조금씩 줄어들었다.
작가님들의 피로 또한 덜어가기 시작했다.

신랑·신부님과의 소통도 이제는 부담스럽지 않았다.
처음에는 어떻게 말해야 할지
어떻게 이어가야 할지 몰라 어색한 미소였는데
이젠 제법 능청스럽게 얘기를 할 수 있다.

작가님과의 관계도 조금씩 가까워졌다.

처음엔 그만둘 사람 정도이기에 정을 안 주셨다면

이제는 반찬과 간식을 챙겨주며

더 팀원으로서 생각해 주셨다.

한 번은 급작스러운 촬영 일정의 변경으로 시켜놓은

짜장면이 불어 터지다 못해 떡이 되자

나에게 너무 미안하다며

근사한 한 끼를 대접하려 하셨다.

근데 그 선배님은 간과한 게 있었다.

난 짜장면이 너무 좋아서

어떤 형태의 짜장면이든 대환영이였다.

선배님의 미안해 죽겠다는 표정은

나에게 최고의 반찬이었다.

때론, 촬영 중간에 텀이 생기면

담배를 피우거나 커피를 챙겨주시거나

사소한 이야기를 나누며 시간을 보내기도 했다.

간혹 내 의견을 물어보거나
내 질문을 흔쾌히 받아주시기도 했다.

이곳에서의 생활이 점점 익숙해지고
나는 이곳의 일원이 되어가고 있었다.

이젠, 내가 처음 들어왔을 때
걱정은 이미 기억도 나지 않았다.
이제는 내가 어떻게 발전하는가? 이게 가장 중요했다.

완벽한 적응이 끝났다

아마 당분간은 이 일상이 반복이겠구나 싶을 정도로
업무가 완벽해졌다. 기계가 될 시간이기도 했다.

덕분에 촬영에 대한 여유가 많이 생겼다.

나는 키가 작고 목소리 톤이 하이톤이라
사람들이 자칫 나를 만만하게 생각할 수 있다.
그래서 이 단점을 어떻게 하면 장점이 될까를
계속해서 고민해 봤다.

그리고 딱 하나를 찾아냈고 그
것을 실전에 적용해 버리기로 했다.

여느 때처럼 신랑·신부님이 도착했고
나는 짐을 풀어드리며
가벼운 농담으로 분위기를 풀어 나갔다.

다만 오늘은 달랐다.

'목표는 친구가 되기'

가볍고 하이톤 목소리 때문에 자칫 만만해질 수 있지만
오히려 쉽게 친구가 되지 않을까?
하는 생각이 들어서 그렇게 해보기로 했다.
누가 친구에게 욕을 하고 화를 낼까?
이게 최고의 전략이라고 생각했다.

"신부님 신혼여행은 어디로 가세요?"
"저! 하와이요!"
"와 좋겠다. 나 완전 가고 싶었는데
하와이는 그냥 캐리어 안 싸도 된다잖아요"
"그니깐요 쇼핑센터도 완전 많고

그래서 완전 힐링할 거예요.”

“그럼 남는 캐리어에 저도 태워 가주세요.

사진은 제가 찍어드릴게요”

같은 시답잖은 농담을 하루 종일 했다.

어느새 우리는 금세 친해졌고 신부님보다

어린 나는 그들의 친동생처럼 행동하고 있었다.

신부님이 여러모로 챙겨주기도 하고

오늘 저녁을 챙겨주기도 했다.

지나가는 차량이 있을 때면

“어휴 칠칠 맞게! 이런 건 네가 알아서 좀 피해라”

라며 나를 혼내기도 했다.

아.... 음? 난 친구가 되려 했는데

이젠 거의 가족이 된 기분이다.

모르겠다 그래도 친밀감이 최고조에 달했으니

이걸로 된 걸까?

친구는 컴플레인을 걸지 않아!

종종 작가님들이 스케줄과 인포를 보고선
"오늘 네가 내 어시로 들어올래?"
라는 제안을 주기 시작했다.

어느 손님이 오든 친구로 만들었기에
컴플레인이 걸리지 않았다.

시간이 지날수록 신랑 신부님을 케어하는 데 있어
오히려 작가님들보다
내가 더 많은 역할을 하게 되었다.
어떤 불만이 있어도 나는 적극적으로 들어주고
공감해 주었다.
그러다 보니 점점 작가님들이 나를 찾기 시작했다.

또, 일본어를 할 줄 알았기에 일본 고객들도
응대하느라 나는 너무 바빠 정신을 못 차렸다.

한번은 실장님이 담배를 피자는 얘기에 올라갔더니

"저 일본 분들은 자기들끼리 뭐라 하는 거야?
우리가 맘에 안 든다는 거야?"
라고 물어보셨다.

자세히 들어보고 얘기했다.

"오늘 너무 설레고 기대된대요"

작가님은 갑자기 파이팅이 넘치기 시작하셨다.

포토그래퍼로 전향하고
내 직업 만족도는 최고로 치닫기 시작했다.

이젠 슬슬 준비해 볼까?

적응될수록 기자재에 대한 감각이 더 예민해졌다.
어느 날 문득, 스튜디오에 남아있는
카메라 몇 대가 내 눈을 끌었다.

그래서 작가님들한테 조심히 얘기해 봤다.
"혹시 남는 카메라 안 쓰신다면
어시 들어갈 때 제가 촬영해 봐도 될까요?"

나의 이런 질문에 작가님들은 미소 지으며
"당연하지"
라고 대답했다.
그들의 기대 섞인 표정이 나를 더욱 설레게 만들었다.

그때부터 나는 몸이 두 개여도 부족했다.

출근하자마자 수많은 사진을 연구하며
하루를 준비했고
촬영 세팅하면서 중간중간에 촬영해야했다.
사무실로 내려오면 내가 찍은 사진을 백업하고
약간의 수정을 해서 제출을 했었다.
욕심이 커질수록 퇴근 시간은 점점 멀어져 갔다.

작가님들은 나의 이런 모습에
사진을 하나하나 진지하게 피드백 해주시기 시작했다.

"이럴 땐 좀 더 움직이면 좋지 않아?"
"야 더 부지런해 봐 더 움직여야지 좋은 사진 나와"

작가님들의 피드백은 구체적이었고
많은 것을 배울 수 있었다.

그러던 어느 날,
경상도 출신 완전 무뚝뚝한 작가님이 와서 말했다.

"사진 잘 찍는 법 알려줄까?"

"네! 완전요!"

"피사체를 사랑해 봐"

'아.... 깨달았다.'

이젠 어시스턴트의 달인이 됐다

이제는 어시스턴트로서 완전히 자리를 잡은 느낌이다.
매일 출근 시간보다 30분 일찍 도착해
카메라를 닦고 스튜디오를 청소하고 일과를 시작했다.

누군가 시켜서도,
누구의 인정을 받기 위해서도 아니었다.

그저 이 모든게 내가 당연히 해야 할 일이라 생각했다.

내가 부족한 만큼,
남들보다 더 많은 시간을 투자해야 했다.
그래서 가장 간단한 방법은
내 개인 시간을 조금씩 줄이는 것이었다.

불과 30분 더 쓰는 것뿐이었으니까

내가 좋아하는 일에 30분조차 못 쓴다면
그건 좋아하는 일이 아닌 게 아닐까?
그래서매일 문을 가장 먼저 열고 하루를 준비했다.
시간이 남으면 작가님들의 카메라를 다 점검하면서
마지막 촬영 세팅 값을 슬쩍 훔쳐보기도 했다.

내 이런 모습이 한 작가님이 마음에 드셨나 보다.
갑자기 따로 부르시더니 사진에 대해 알려주셨다.

조명, 구도, 그리고
내 단점까지 세세하게 이야기해 주셨다

곰곰이 듣다가 궁금한 게 너무 많아 미칠 것만 같았다.

결국 참지 못하고 작가님한테 물어봤다.

"작가님 혹시 괜찮으시다면

제가 하루에 3가지씩 꼭 질문할 테니 꼭 대답해 주실

수 있나요?"

"언제까지 가나 볼게"

"제가 그만둘 때까지요"

부족해도 너무 부족하다

하루에 3가지 질문으로는 내 궁금증을 채울 수 없었다.
궁금한게 미치도록 많았기 때문이다.
나는 계속해서 내가 부족한 사람이란 것을 인지했었다.

한번은 내가 물어본
"A는 이러니깐 B는 이렇게 하는 게 맞죠? "
라는 질문에 작가님이
"왜 A는 그런거야?"
라는 반문했을 때 내가 물어봐 놓곤 어버버댔다.

미친 듯이 부끄러웠다.
어느 순간 나는 질문해야 한다는 강박에 매몰되어
생각 없이 질문을 찾아 물어보지 않았나 싶었다.

표정을 숨기지 못한 채 고개를 떨군 나에게
작가님은 지긋이 바라보곤 처음부터 다시 설명해 주었다.

얼굴이 빨개졌고, 부끄러움이 밀려왔다.
나는 그 순간을 절대 잊지 않겠다는 다짐으로
열심히 메모했다.

모두가 퇴근하고 작가님들께 인사를 드린 뒤,
나는 그들을 먼저 보내고 스튜디오 한층 위로 올라가
계단에 주저앉아 아까 메모한 부분을
다시 펼쳐 보았다.

검색하고 또 검색하고
외우고 또 외웠다.

다시는 이런 일이 없길
의욕만 앞서질 않길

가난한 자취생은 항상 배고프다

웨딩스튜디오 일을 하면서 좋았던 점 중 하나는
신부님들이 항상 간식이나 음식을 챙겨오는 문화였다.
감사하기는 했지만론
'굳이? 이렇게 할 필요가 있을까?'
라는 생각이 들기도 한다.
요즘 유튜브나 각종 SNS에서 문제 삼고 있지만
사실 포토그래퍼한테 꼭 필요한 문화는 아니다.
오히려 서로 불편한 문화였다.

스튜디오로 들어오는 음식은 대부분
샌드위치나 김밥 혹은 작은 군것질거리이기 때문에
처음에는 다들 맛있게 먹지만
몇 번이고 반복되다 보면 물리게 마련이다.
매일 같은 간식을 먹는다는 게 쉬운 일은 아니었다.

그래서 간식을 남겨두거나

아예 손도 대지 않는 경우가 많았기 때문이다.

결국 남는 음식은 버리기 일쑤였다.

누군가의 정성이 담긴 음식을

그냥 버려야 한다는 생각에 죄책감이 들기도 했다.

하지만 나는 달랐다.

나는 배고픈 자취생이었기 때문에

어떤 간식이든 가리지 않고 남김없이 먹었다.

밥값을 아끼기에도 이만한 게 없었고

포만감도 채울 수 있었기 때문이다.

그러던 어느 날

평소에 자주 보던 샌드위치가 아닌

홍콩식 샌드위치가 계속해서 올라왔다.

평소라면 남기던 간식들도 다들 손을 대기 시작했다.

달콤한 소스와 부드러운 빵이 입에서 살살 녹았고

그 맛에 사무실에는 활기가 돌았다.

새로운 맛이라는 이유만으로
충분히 인기가 있을 수밖에 없었다.

가난한 자취생인 나는 그런 거 신경도 쓰지 않고
테이블 위에 있는 음식이라는 존재는
다 먹어 치우고 있었다.
그때 작가님이 갑자기 깜짝 놀라며 나를 말렸다.

"아 아껴먹으려고 했는데...."

너무 죄송해서 그 이후로는 스튜디오에 올라오는
간식을 물어보며 먹었다.

하루를 온전히 쉬는 게
이렇게 좋은지 몰랐다

방송작가 때는 항상 마음 졸이며 쉬어야 했다.
비록 주 6일제 근무지만
하루는 확실히 보장받으며 편안하게 쉬었다.

그때와는 많은 것이 달라졌다.
무거운 노트북을 들고 다닐 필요도 없어졌고
핸드폰이 없어도 연락을 못 받을까
하는 걱정도 사라졌다.

휴무는 말 그대로 온전히 내 시간이 되었고
그 누구도 나를 방해하지 않았다.

그 덕에 나에게 새로운 버릇이 생겼다.
잠을 마음껏 잔 뒤,

책 한 권을 들고는 카페로 가서 읽기 시작했다.

2시간쯤 지나면, 커피를 한 잔 더 주문하고
책을 마저 읽었다.
4시간쯤 지나면 책을 한 권을 다 읽어버렸다.

그 후에 나는 서점에 들러 새로운 책을 한 권을 골랐다.

그 다음에는 그저 내 멋대로 지냈다.

잡기 싫던 펜도
읽기 싫던 책도
무기력에 덮여 있던 내가 사랑했던 것들이

내가 편안해지고 거리를 두니 다시 그리워졌다.

어느날 우연히 SNS에 들어가자
내 모습이 보였다

예전에 촬영한 신부님이랑 담소를 나누는
내 뒷모습이 사진으로 올라와 있었다.
사진과 함께 게시된 글에는 그
날의 촬영이 얼마나 재미있었는지
내가 찍어준 사진이 너무 예뻤는지가 적혀 있었다.
신부님은 그날의 추억을 흘려보내지 않고
고스란히 간직하며 기억하고 있었다.

평범한 사람인 나는 기억 속에서는
특별한 사람이 되어 있었다.

그 후로 나는 한참 동안 신부님들의 후기를 살펴보았다.
그 속에는 그날의 감정들이 고스란히 담겨있었다.
나와 나눴던 사소한 이야기

내가 담아줬던 그들의 이야기
그리고 앞으로 펼쳐질 이야기
조금씩 그들에게 나란 사람이
어떤 의미로 다가올지 느껴졌다.

소중한게 생겼고
사진의 매력에 푹 빠졌다.

머릿속은 계속해서 떠올랐다.
어떤 사진이 누군가의 삶 속에 녹아들 수 있을까?

내 일을 내가 생각했던 것보다 무거웠고, 아름다웠다.

그제야 이해가 갔다.

나도 피사체를 사랑하기 시작했다.

크리스마스를 며칠 앞두고 헤어졌다

사귄 기간은 짧았지만
헤어졌다.
그 사람이 싫어진 게 아니지만
헤어졌다.

우리의 삶은 서로 달랐다.
나는 주말이 바빴고 그 사람은 주말이 한가로웠다.

서로를 이해하기엔 어렸고
서로를 사랑하기에 더 보고 싶었을 뿐이다.

영화나 드라마처럼 포장마차에서
소주 몇 병씩 비우며 인사불성이 되는 그런 일은 없었다.
크게 슬프지도 않고, 일상이 무너질 만큼

고통스럽지도 않았다.

그냥 우린 어렸다.

그 후 내 이상형은 변했다.
주말에 일하는 것을 이해해 주는 사람
편의점 알바를 해도 미래를 그려나가는 사람
그리고 배울 점이 많은 사람

그래서 나는 지금, 더 나은 사람이 되려 했다.
누군가의 삶을 이해하고 존중할 수 있는
서로의 다름을 인정할 줄 아는
함께 발맞춰 나갈 수 있는

이제는 내게 연애는 가볍진 않았다.
서로가 서로에게 시너지를 낼 수 있고
서로가 서로를 아끼기에 더 서로를 빛 낼 수 있는

그런 사랑을 하고 싶어졌다.

삶에 여유가 생기니 이것저것
해볼 수 있는 게 많아졌다

그전에는 쉴 때마다 불안했다.

연락이 오지 않을까? 혹여나 더 해야 할 게 있을까?

지금이라도 출근할까?

이런 불안감 때문에 약속을 쉽게 잡지 못했다.

온전히 쉬는 하루가 존재한다는 게

이렇게 기분이 좋을지 몰랐다.

쉬는 날엔 사람들을 모아 틈틈이 사진을 찍었다.

그동안 취미로 풍경 사진만 찍었었는데

인물 사진을 찍다 보니 새로운 재미가 있었다.

내가 그동안 보고 배웠던 것이

그대로 나타나는 결과물이 너무 짜릿했다.

촬영 날이 다가올수록 설렘과 긴장이 교차했다.

내가 원하는 촬영을 위한 시안 포징 착장
그 모든 게 잘 어울려질지
혹여나 내 실력이 부족해서 원하는 결과값을 못 낼까?
그런 걱정이 많았다.

매 촬영 때 최선을 다해 셔터를 눌렀다.
그들과의 촬영은 나에게 새로운 배움의 시간이 되었다.

사람들은 같은 시안을 보고도
각기 다른 방식으로 표현해 냈다.
어떤 사람은 꿈을, 어떤 사람은 사랑을,
또 어떤 사람은 열정을 담아냈다.

내 사진 속에는 점점 더 많은 이야기가
담기기 시작했다.
나를 스쳐 가는 사람들의 이야기를 담으며
그들의 순간을 사진 안에 담았다.

이제는 사진을 꽤 진지하게 대하기 시작했다.

평생 내 직업이 될 수 도 있고,

때로는 내가 쉬는 날 함께할 친구이기도 했다.

그 순간을 기록하며 나 또한 그 안에 담기고 있었다.

쉼이 생기니 나는 더 많은 것들을 채워갈 수 있었다.

나는 매일 조금씩 채워져 가고 있었다.

쉬는 날 틈틈이 부동산에 다녔다

곧 계약이 만료되어 집을 이사를 가야 했다.
서울에 처음으로 올라와 자리를 잡았던 곳이기에
좋든 싫든 조금은 아쉬웠다.

이리저리 발품 팔면서 좋은 집을 찾아 나섰지만
가난한 자취생에게는 서울의 원룸은 너무 비쌌다.
가끔 마음에 드는 집을 발견할 때면
현실적인 벽이 나를 막았다.

그러다 우연히 본 집이 생각보다 맘에 들었었다.
언덕을 오르고 4층이나 되는 계단을 또 올라야 했지만
집과 복도로 구분된 작은 마당이 있는
옥탑방이 나를 반겼다.

바로 집주인에게 전화를 걸어
보증금을 일부 깎아주는 조건으로 계약서를 작성했다.

이제 내 새로운 보금자리는 이젠 옥탑방이다.

주변에서는 여름엔 너무 덥고
겨울엔 너무 춥다고 걱정이 많았다.
근데 뭐 여름엔 덥고 겨울엔 추운 게 당연한 거 아닌가?

반지하 특유의 퀴퀴한 냄새에 벗어나
나만의 작은 마당이 생긴 옥탑방은 나에게 최고였다.
아랫집은 다 가정집이라 새벽엔 조용했고
술 취해 문제를 일으키는 대학생도 없었다.

나만의 새로운 아지트가 생겼다.

평소와 다름없는 날인 줄 알았는데

평소와 너무 다른 날이었다.
어느날처럼 신랑·신부님의 짐을 풀어주고
촬영장을 세팅하고 있었는데 작가님이 슬쩍 다가오셨다.

"이따 시간 남으면 네가 서비스 컷 만들어서 찍어줘 볼래?"

듣고 싶었던 말이었지만 두려움이 몰려왔다.
촬영하고는 싶지만 아직 무서웠다.
이 기회를 놓친다면
다시는 기회가 오지 않을 거 같았다.

머릿속에 그동안 이 스튜디오에서
찍어보고 싶던 컷을 정리했다.
지금 내가 할 수 있는 최선의 컷이 무엇일지
고르고 또 골랐다.

촬영 막바지쯤 작가님이 미소를 지으며
신부님에게 다가가 물었다.

"신부님 저희 서브 작가님이 서비스 컷 찍어드린다는데
괜찮으세요?"

올 것이 왔다. 가슴이 미친 듯이 뛰기 시작했다.
표정은 애써 여유롭게 웃고 있지만
속은 긴장되어서 미칠 거 같았다.

신부님은 웃으면서

"그럼요! 감사합니다. 작가님"

신부님의 기대에 찬 표정이 나를 더 긴장시켰다.

세팅을 마치고 신랑·신부님을 촬영위치로 안내하면서
카메라를 잡는데 평소와 달리 카메라가 너무 무거웠다.

떨리고 긴장되는 마음을 뒤로하고 나는 첫 말을 뗐다.

"신부님 고개 왼쪽으로 살짝 돌려주세요
그리고 밝게 웃어 주세요.
신랑님 그렇게 안 웃으면
신부님만 좋아하는 것처럼 보이잖아요.
밝게 웃어보세요
그럼 찍겠습니다. 하나둘 셋"

그렇게 몇 컷을 더 찍고 나서 조심스럽게
신랑·신부님에게 보여드렸다.

"너무 예뻐요!
이거 다른 사람들은 못 갖는 사진이잖아요?
감사합니다. 작가님!"

작가님이 조용히 다가와 슬쩍 사진을 보셨다.
잠시 무표정한 얼굴로 사진을 바라보던
작가님이 짧게 한마디 하셨다.

"누구야 정리하자."

그 말에 안도의 한숨이 몰려왔다.
짧고 간결한 말이었지만
그 안에 담긴 의미는 가볍지 않았다.

세상 가장 아름다운 말로 수식하는 그 어떤 말보다도
저 짧은 말 한마디가 너무 기분좋게 다가왔다.

인정받았구나, 해냈구나!

치열했던 순간이 지나고, 명절이 다가왔다

예약도 한 팀밖에 없어
회사는 이미 명절 분위기로 가득 차 있었다.
다들 입을 모아 촬영이 끝나면 다 같이 놀자 하셨다.

촬영이 시작되자 다들 일을 안 하고는
못 배기는 모양이었다.
촬영장에는 필요 이상으로
많은 포토그래퍼들이 촬영장에 나섰다.
신부님은 순간 당황한 눈치였다.
그도 그럴 게 촬영장은
마치 연예인의 기자회견장처럼 카메라가 가득했다.

신부님의 당황스러운 표정을 눈치챈 한
작가님이 웃으며 말했다.

"신부님 저희 이상한 사람들 아니에요 여기 직원이에요"

작가님의 농담에 신부님도 다행히 크게 웃으셨다.

신부님은 셀럽이 된 기분이라며
그런 상황을 즐기기 시작했고,
수많은 파파라치 같은 포토그래퍼들의
카메라 앞에 서서 다양한 포즈들을 선보이셨다.
이런 여유 덕분에 우리들의 요구사항은 점점 늘어났다.

"여길 봐주세요!"
"더 웃어 주세요"
"아유 신부님 프로네"
등등 요구와 칭찬이 쏟아졌다.
신부님은 개의치 않고 모든 카메라를 하나하나 즐기셨다.

우리는 찰나의 모든 순간을 담아냈고,
엄청난 촬영 분량을 만들어 냈다.
신부님은 우리가 찍은 수많은 사진을 차례차례 보면서

너무 행복하다는 표정을 숨기지 않고
연신 드러내고 있었다.

촬영을 마치고 잘 배웅한 다음에
다 같이 사무실에 모였다.
치킨도 엄청나게 시켜놓고 커
다란 모니터에는 영화를 틀어놓았다.
다들 가벼운 농담과 함께 그 시간을 즐기기 시작했다.
어느덧 시간이 오후 2시를 향할 때쯤
대표님이 사무실 문을 열고 들어오시면서

"왜 다 집에 안 가고 모여 있는 거야
촬영 끝났으면 집에 가야지!
떡값 달라고 시위하는 거야?"

라는 말과 함께 책상 위에 이름이 적혀있는 봉투들을 놓곤

"줬으니 얼른 집에 가 임마"

그 봉투에는 '명절 잘 보내'라는
메모와 소소한 떡값이 들어있었다.

"대표님 집에 가시기 전에 치킨 더 시켜주세요. 부족해요"

고참 작가님은 농담 섞인 말로 민망한 감사 인사를 숨겼다.
우리는 한참을 더 웃고 마시며
5시가 될 때쯤 명절 인사를 주고받곤

각자의 집으로 돌아갔다.

오늘 나는 새로운 가족이 생겼다.

점점 작가님이 촬영을 맡기기 시작하셨다

처음으로 맡긴 이후

작가님은 내게 지속해서 피드백을 주셨다.

하나하나 세심하게 짚어가며

부족한 점을 보완할 수 있도록 얘기해주셨다.

거기서 끝내지 않고 촬영할 기회를 주셨고

그 피드백을 반영해 더 나은 결과물을

만들어 내기 위해 노력했다.

그렇게 촬영 경험이 점점 많아지기 시작했다.

이제는 단순히 서비스 컷이 아닌

정식 컷의 한 파트를 맡기도 했다.

신뢰가 쌓이고 있다는 생각에 어깨가 올라갔다.

하지만, 시간이 지날수록

피드백의 강도는 점점 올라가기 시작했다.

작가님은 점점 더 높은 수준을 요구했고
내 부족함이 드러나기 시작했다.

어느날, 작가님이 쏟아낸 모진 말에 가슴이 내려앉았다.
자존심은 상했고 자존감은 깎아내려져 갔다.

'아직도 난 부족하구나'

퇴근하는 길 회사 인근에서 담배를 피우며
한숨을 쉬고 있을 때
작가님이 지나가면서 나를 발견하곤
같이 저녁을 먹자고 제안하셨다.

평소 밥먹을때와 다르게 대화가 적었다.
작가님은 그런 내 모습을 계속 의식하셨고,

나는 애써 마음 안 상한 척

"당연히 전 부족하죠! 더 열심히 할게요"

같은 말로 스스로를 포장해가기 시작했다.
식사를 다 마치고 작가님에게 조심히 들어가세요
라는 말을 끝으로 돌아가려 하던 순간

"열심히 해 잘하고 있어"

작가님이 무심히 툭 한마디를 던지고 가셨다.

순간 느꼈다.

난 아직 어시스턴트이기 때문에 실수에 관대하지만
작가님은 모든 걸 책임지기에 관대할 수 없다는걸.

그래서 내가 온전히 나의 촬영을 하게 된다면
지금처럼 해서는 안 된다는 걸.

대표님이 꽤 근사한 조건으로
월급을 올려주셨다

세팅을 하면서 틈틈이 서브 컷을 촬영해 왔기에
촬영 분량도 많아졌고
그로 인해 추가결제 하는 금액이 늘어났다.
대표님은 이런 실적에 만족하셨고

업계 최초로 어시스턴트에게
인센티브 제도를 적용했다.
월급이 오른 것만 해도 기분이 좋았는데
인센티브까지라니 기분이 날아오를 것만 같았다.

그저 사진이 좋았고 배우고 싶었을 뿐인데
이렇게 될 줄은 몰랐다.
작가님들처럼 되고 싶어서 조금 더 고생하면서 틈틈이
찍었던 게 이런 보상으로 돌아오다니.

이제는 카메라를 잡을 때마다
더 많은 생각을 하기 시작했다.

단순히 예쁘고 추억을 간직할 사진을 넘어서
사람들이 감탄하고 남들에게 보여주면서 자랑할 수 있는
그런 '팔릴 수 있는 사진'이 무엇인지 고민하게 됐다.

이제는 작가님들의 촬영본을 보는 것만으론
부족했기 때문에
인터넷에 존재하는 모든 상업사진을 보고 공부해나갔다.
어떤 포즈 어떤 순간을 사람들은
더 원할지 계속해서 생각하고 연구했다.

어찌 보면 사진은 자기만족의 산물이지만
남에게 보이기 위한 자랑의 수단이기도 하다.
남들은 찍을 수 없는
그리고 자랑스럽게 얘기할 수 있는 그런 멋들어진 사진

앞으로 내 목표는 이런 사진을 만들어 내는 것이었다.
매일 밤늦게까지 사진을 분석하면서
그들의 표정 자세 눈빛 하나하나가 새롭게 느껴졌다.
사진에 단순히 '특별한 오늘'이라는
이야기를 넣는 데 집중했다면
이제는 신부님이 원하는 '특별한 오늘'이라는
이야기를 만들어가는 데 집중했다.

그 순간을 디자인하고 만들어가며,
이야기를 쌓아가는 것

단순히 '찍다'가 아닌' 담아낸다'의
의미를 좀 더 알아가게 됐다.

"난 정을 안 줘, 금방 그만두는
애들한테 정을 주면 힘든 건 나야"

경상도 작가님한테 맨날 왜 그렇게 차갑냐 했을 때
돌아온 대답이다.

이 업계는 힘들다는 이유로 신입이 그만두다 보니
작가님은 신입들에게 정을 주기
어렵다고 말씀하시곤 했다.

나도 정이 많았던 사람이었다.

누군가를 보내는 것만큼은 너무 힘들었고
누군가가 나를 배신하는 것 또한 너무 아팠다.

다만 그 감정을 표현하는 방식이 다를 뿐이었다.
사람은 누구나 그런가보다 싶었다.
나도 그렇고 작가님도 그렇고

．

우린 서로에게 익숙해져 있었고

나는 오랜 시간을 아주 오래 함께 할 줄 알았다.

하지만 이별은 갑작스럽게 찾아온다는 진부한 말처럼

그 순간이 찾아왔다.

．

좁았던 사무실이 점점 넓어지기 시작했다

작가님의 퇴사 소식에
모두 서운한 마음을 숨길 수 없었다.
작가님은 물건을 하나하나를 정리하기 시작했고,
카메라에 붙어있던 이름표도 떼어냈다.
점점 내 자리가 넓어져만 갔다.

근데 전혀 기쁘진 않았다.

모두 속마음을 숨긴 채 평소처럼
유쾌하게 지내려 노력했고
작가님도 마음을 숨기며 신랑·신부님에게
유쾌하게 즐겁게 대했다.

다만 평소와 달리 작가님의 눈이

어딘지 모르게 슬퍼 보였다.

작가님이 배정받은 촬영이 하나씩 끝날 때마다

눈은 더 깊어졌다.

작가님은 우리가 속상해하는 걸 눈치채고는

오글거리는 걸 싫어하는 성격답게

장난스럽게 말하셨다.

"뭐 죽으러 가는 것도 아닌데 왜 다들 울상이야? 나 더

편한 곳으로 가는 거야 너희들 때문에

힘들어 죽는 줄 알았구먼 알았으면 축하해줘 "

웃으며 말했지만 아주 약간 목소리가 떨렸다.

우리도 웃으며 받아치려 했지만,

아무 말도 이어갈 수 없었다.

이별의 순간이 찾아올수록 사무실은 적막만 가득했다.

익숙했던 모든 것이 하루아침에 사라질 게 나는 두려웠다.

이제 적응했고 아직도 배울 게 많았는데.

작가님은 퇴근하기 전 마지막으로
같이 담배를 피우자며 따로 나를 불러내셨다.

우리는 목구멍까지 차오르는
감정을 억누른 채 쓸데없는 얘기만 조금씩 주고받았다.

담배가 거의 다 타서 사라지면서
우리의 말들도 사라지기 시작했다.
끝이 다가옴이 눈에 보였다.
이 마지막 담배 한 대가 끝이구나.
거꾸로 물어서라도 더 늦게 태웠어야 했을까?
잡생각만 머릿속을 스치고 있었다.

잠깐의 침묵을 깨고 작가님이 말을 꺼내셨다.

"카메라 하나 논다."

사람은 왜 떠나기로 결심할까?
얼마나 고민하고 갈등했을까?

작가님의 퇴사 소식에 여러 생각이 들었지만
감정적인 내게 가장 큰 생각은 추억과 원망이었다.

작가님은 마침, 내 인생에 등불 같은 존재였다.
아직 사회초년생티를 못 벗었던 내게
하나하나 껍질을 깨게 해주셨고
앞으로 나아갈 길을 밝혀주셨던 분이었으니까.

그런 작가님이 이제 회사에 없다는 사실은
나를 벌써 막막하게 만들었다.
내가 나아갈 길을 항상 올곧게 방향을 제시해 주셨는데...

아직 나는 모자라는데
왜 굳이 지금 그만두시는 걸까?

적어도 내가 성장하는 모습을 봐주셨으면 어땠을까?
어린 마음에 원망 섞인 생각이 들었다.

근데, 바뀌는 건 없었다.
무릇 이별이란 그런 것이다.
떠나는 상대는 이미 결정했고,
남는 사람은 시간이 지나서야 이별을 받아들이게 된다.

나도 그런 작가님의 결정을 존중했고
조금은 아프지만
천천히 이 상황을 정리해갔다.

빈자리가 생기자, 모두가 이별의
서운함을 느낄 시간이 없었다

비어버린 촬영자 때문에 촬영 스케줄은 점점 늘어났고
보정업무도 다 같이 나누어 맡아야 했기 때문이다.

나와 동기는 새로운 촬영자가 되기 위해
열심히 노력하고 또 노력했다.
빈 시간에는 작가님들이 촬영한 사진을 보면서
공부해야 했고
촬영 때는 내가 얼만큼 성장했는지를 보여줘야 했다.

그렇게 정신없이 시간을 보내다
문득 사무실에 이상함이 느껴졌다.

떠난 작가님의 업무 인수인계를 내 동기가 받았고,
나는 점점 한가해졌다.

구석진 자리에 큰 의자 속 가려진
내 모습 때문이었는지 아무도 나를 찾지 않았다.

나는 점점 더 소외되기 시작했다.

뭔가 잘못됐다는 생각에 구인 사이트를 들어가 봤다.

대표님이 동기와 나 중
누가 진급할지 알려주셔야 했지만,
아무 말씀도 없으셔서
당연히 팀장 채용 공고가 올라올 거라 생각했다.

근데, 구인 글은 어시스턴트 뿐이었다.

당황스러웠다

말 한마디 없이 동기가 올라간다니
이해할 수 없었다. 동기가 나쁘다는 게 아니라
구체적인 평가 항목 없이
그저 동기가 갑작스럽게 올라가는 게
받아들여지질 않았다.

난 동기보다 부족한 점이 없었다고 생각했다.
사진 보정작업을 해보지 않아서
내가 조금씩 가르쳐주기도 했고
내가 그동안 큰 실수를 따로 하지 않았다고 생각했다.
그저 나보다 형이라는 이유로 올라가는 건가 싶었다.

일은 손에 잡히지 않았고
출근 때마다 설레고 행복했던 일들이 점점 멀어졌다.
멀어지는 발걸음에 맞춰 같이 일했던 동료들도

나에게 멀어져만 갔다.

퇴근은 빨라졌지만 잠을 자는 시간은 늦어졌다.
무엇을 해야 할지 어떻게 해야 할지 아무것도 몰랐다.
고민하고 또 고민했다.

스스로 끝없이 물었고 답했다.
내가 정말 모자란 건지,
부족한 부분은 어떤 건지 내 장점은 무엇인지
끝없이 고민하고 인지했지만
누구도 이런 나의 모습에 관심이 없었다.

30분 일찍 오던 습관
매일 촬영본을 보며 공부하던 습관
서브 카메라를 들면서 신부님을 촬영하던 내 손

당장 내 머릿속 혼란조차 잡지 못했기에
모든 게 멈췄다.
아니 움직일 수가 없었다.

회사를 지키는 강아지가 되었다

답답해서 그대로 있을 수 없었다.
대표님이 출근할 때마다 바로 대표실로 갔다.
촬영도 이젠 하지 않게 되었다.
출근하면 대표님과 얘기하는 데
시간을 다 썼기 때문이다.

"전, 올려달라고 떼쓰고 싶지 않아요.
대표님의 생각을 리스펙하니깐요.
다만, 왜 그런 건진 알려주셨다면
미리 말씀해 주셨다면 저도 받아들이지 않았을까요?
출근하면 구석 자리에서 인수인계 때문에
바쁜 모습만 본 채 아무것도 할 수 없어요.
적어도 구인 사이트를 보고 알 게 아니라
대표님 입으로 듣는 게 어려웠을까요?"

대표님에게 내 생각을 이야기했다.

"미안하다."

대표님의 대답은 짧고 간결했다.
그래서 더 가슴이 답답해 미칠 것 같았다.
짧은 저 한마디가 지금 상황을 실감하게 됐다.
벽이 세워졌다.

"진짜 공평하게 경쟁할 수 없을까요?
진급의 이유가 뭔가요"

다시 반문했다.
이유가 듣고 싶었다. 명확한 답을 원했다.

"미안해, 네가 너무 어렸어
웨딩은 나이가 중요한 거 알잖아"

그렇다 난 신부님의 동생이 될 수 있는 나이지만
신부님을 이끌어갈 든든한 책임자가
될 수 있는 나이가 아니었다.

신랑·신부님보다 더 어렸던 나이가 내 발목을 붙잡았다.

"진짜 그게 다예요? 그게 전부인가요?
단순히 나이 때문에?"
"알잖아.
나이가 있기에 더 잘 다가가고 이끌어 갈 수 있다는 거"

할말이 없었다.
나이는 내가 바꿀 수 없었기 때문이다.

대표님과의 대화를 끝내고
허무하게 혼자 주저앉아 담배를 피웠다.
아무리 내뱉어도 속은 답답했다.

.

나이.

그 한 단어가 내 모든 것을 부정하고 무너지게 했다.

그간 해온 노력도 열정도,

결과물도 그 모든 것을 들고 와도 이길 수 없었다.

나이.

다른 생각은 들지 않았다. 그저 그 한 단어만,

나이.

.

휴무는 어김없이 찾아왔다

푹 자고 일어났지만 개운친 않았다.
정리해야 할 생각들이 머릿속에
너무 많이 널브러져 있었기 때문이다.

일어나서 평소처럼 씻고
면도한 뒤 출근하듯 가방을 챙겨 카페로 향했다.
커피를 주문하고 책상 위에
작은 노트와 볼펜을 꺼내 생각들을 정리하기 시작했다.

앞으로 어떻게 해야 할까? 지금처럼 가야 할까?

아무리 봐도 이대로 회사는 못 다닐 것 같았다.
입봉도 못한 채 도망가는 거 같아 마음이 좋지 않았지만
동기의 어시를 봐줘야 하고

갑자기 바뀐 역할에도 적응하기 힘들었다.

뭣보다 좁은 내 마음을 대변하듯이
동기의 촬영 어시를 가면 불안한 부분도 많았고
맘에 안 드는 부분도 많았다.

그러면 앞으론 뭘 해야 할까?

끊임없이 고민해 보았다.
이직하려 해도 지금 내가 만든 월급과
인센티브는 당연히 못 받을 것 같았다.
또 언제 입봉할지도 몰라 불안하기도 했고
그 긴 과정을 다시 겪고 싶지 않았다.

또한, 정을 주고 싶지 않았다.
서로 쌓아 올리는 데 오랜 시간이 지났던 정이
한순간에 너무 쉽게 무너졌기 때문이다.

고민을 거듭한 끝에 결정했다.

내가 웨딩업체를 차리기로

꽤 자신이 있었다.

그간 쌓아온 화술도 촬영 스킬도 꽤 괜찮았기 때문이다.

잘 될 거라는 확신이 있었다.

그래서 다양한 웨딩 업체들을 찾아보며 공부했다.

다시 생기가 돌았다.

확실히 난 성장했다.

저번처럼 주저앉아있지만은 않았기에

회사에 다니면서 다른 회사에 다니기 시작했다

출근을 해도 이제는 아무런 감정이 없었다.

그저 내가 어떤 업체를 차려야 할지를 고민했다.

자본이 없었기에 스튜디오를 차릴 수 없었기 때문이다.

어떻게 하면 나만의 작은 업체를 차릴 수 있을까?
고민끝에 출장 촬영이 주었던
결혼식과 돌잔치를 하기로 결정했다.
그때부터 고민은 순식간에 사라지고
내 아이디어는 탄성을 받아 내지르기 시작했다.

순식간에 회사 이름부터
어떤 카메라를 쓸지 어떻게 접근할지 정해졌다
결정이 끝난 후에는
바로 사업자등록부터 필요한 서류까지 다 챙겼다.

이젠 가장 중요한 게 남았다.

나는 대표실로 가서 조심스럽게 노크했다.
대표님은 날 보고 미안해 죽겠다는 표정을 지으셨다.
하지만 나는 별다른 감정이 들지 않았고, 오히려 행복했다.
새로운 도전을 하기로 결심했기에 일말의 망설임도 없었다.

"대표님 저 퇴사하겠습니다."

대표님은 짐작했다는 듯이 앉아보라 하셨다.

"고생했어, 미안해"

대표님의 대답은 여전히 짧았다.
가슴이 다시 답답해졌다.
저 말 한마디가 지금 우리의 상황을 대변했고
여전히 벽은 허물어지지 못했다.

"넌 어딜 가든 잘할 거야, 그러니깐 응원할게 "

"감사합니다"

대표님의 말은 여전히 따뜻했고,
나에 대한 믿음이 작게나마 느껴졌다.
하지만, 이제는 여기에 머물 수 없었다.

"근데, 여기 나간 사람중 종종
창업하는 애들이 있는데 너무 섣불리 하지는 마"

아무에게도 얘기하지 않았는데
대표님은 내 생각을 꿰뚫었다.

흠칫 놀랬지만, 멈출 생각 없었다.

"감사합니다. 대표님 그동안 많이 배웠고
행복했습니다. 다음에 저 놀러 와도 될까요?"

"당연하지"
우리는 짧은 인사와 포옹을 마쳤다.
대표님의 따뜻한 포옹이 어딘가 모르게 서글펐다.

그리고 사무실로 돌아와
퇴사 소식을 알리고 다시 자리로 갔다.
동료들은 아무 말도 할 수 없었다.

이 상황을 너무 잘 알기에
그리고 내 마음을 잘 알기에 더더욱 말 못 했을 것이다.

다음 인수인계를 받을

어시스턴트가 들어올 동안

난 최선을 다해 동기를 도왔다.

최고의 어시를 선보이면서 부족한 촬영을

완성 시킬 수 있게 최선을 다해 옆을 지켰다.

이게 내가 할 수 있는 최선이었다.

일주일 정도 흐르자 새로운 사람이 왔고 인수인계를 마쳤다.

정들었던 회사도 커피집도 밥집도 이젠 안녕이다.

마지막 날 문을 나서며 주변을 돌아봤다.

부족함을 알기에 홀로 앉아 공부했던 계단

익숙한 냄새와 소음들

다시 볼 수 없겠지만 나에겐 좋은 추억이었다.

아쉬운 거라곤, 여기 맛집들이 진짜 많았다는 것이다.

다시 백수가 되었다

저번과는 제법 달랐다. 무기력함이 없어기 때문이다.
그도 그렇게 찾아봐야 할 것도
해야 할 것도 너무 많았다.
통신판매업, 사업자 등 등록해야 할 것도 너무 많았고
촬영을 위한 카메라도 사야 하기도 했다.

하늘이 해보라고 등 떠미는 것인지
때마침 근로장려금이 들어와
카메라와 렌즈를 최소한 구성을 했다.

당장 포트폴리오를 만들기 위해
다양한 촬영을 계속해서 진행하며,
한 달이란 시간이 빨리 지나갔다.

이젠 준비는 거의 끝나갔다.

촬영 포트폴리오, 카메라 세팅, 사업자 등
각종 서류 그리고 홈페이지까지

이젠 손님만 맞이했으면 됐다.

삶은 우리에게 계속해서 시련을 던져
무기력하게 만들었다

마치 나를 시험이라도 하듯이

혹시, 여러분도 그렇게 느끼신 적 있나요?

모든 걸 잃어버린 듯한
기분에 사로잡혀본 적 말이에요.
그럴 때면 세상이 우리에게
일부러 시련을 던져서 무릎을 꿇게 만드는 게 아닐까?
하는 생각이 들기도 합니다.
어쩌면 우리의 비참해진 모습을 구경하고
유희거리로 삼지 않을까 싶습니다.

이런 느낌 여러분도 공감하시나요?

그러나 그 속에서도 우리는 다시 일어설 수 있습니다.

아니, 일어나는 것만이 아닌 더 강해질 수도 있습니다.

나를 죽이지 못한 시련들은

결국 나를 더 강하고 올곧게 만들어 주었으며

모든 것을 잃었다고 생각할 때조차

우리에게 남아있는 것들은 언제나 있습니다.

작은 희망이든 믿음이든

그것이 무엇이든 간에 남아있는 것들을 다시 붙잡고

흩어진 조각들을 다시 붙잡는 것에 가장 필요한 것은

'용기'입니다.

우리가 모두 알고 있지만

가끔 잊어버리기도 하는 그 단순한 진리

무너져도 괜찮아

다시 시작할 수 있어

스스로에게 말해주면 되는 것입니다.

누구나 가지고 있기에 우리는 다시 시작할 수 있습니다.

무너지기에 무서워하기보단
무너졌기에 새로운 시작의 설렘을 느끼는 것

무기력하게 한 달이 지나갔다

벌어들인 수입은 0원 아예 없었다.
뭐가 잘못된 것인지 도통 감을 잡을 수 없었다.
이 업계를 너무 쉽게 생각했나?
내가 너무 자만했던 걸까?
갖가지 생각이 머릿속을 헤집었다.

나이가 어리다는 이유로 무시당하기 싫어기 때문에
한여름에도 구두와 정장을 구입해 갖춰 입었고
마인드셋도 다잡았다.
그만큼 간절했다. 그런데도 모든 게 뜻대로 되지 않았다.

'뭐라도 해야겠다.' 싶어서 프리랜서로 지원했지만
그 어디서도 나를 받아주지 않았다.

더는 좌절할 수는 없었다.

어차피 지금 주저앉기에 쓴 돈이 많았기에

다시 달릴 수밖에 없었다.

가만히 앉아서 나라는 사람을 자세히 들여보았고,

왜 안 팔리는지 무엇이 문제인지 고민하기 시작했다.

결론은 간단했다.

'웨딩 스튜디오' 경력뿐이었다.

'본식 스냅' 경험이 없었고

포트폴리오조차 없었다.

한숨을 쉬며 마음을 다잡았다.

본식 스냅 포토그래퍼를 구하는 곳에 이력서를 보냈다.

그리고 꼭 이 말 한마디를 적었다.

'웨딩스튜디오 경험 있습니다.

서브 아니 서드도 상관없습니다.

페이 안 받아도 됩니다. 촬영하게만 해주세요'

돈을 안 받아도 좋았다.

그냥 하고 싶었다 정말 간절했다.

내가 준비했던 그 모든 것을 표현해 보고 싶었다.

간절한 마음이 닿았는지

이곳저곳에서 전화가 오기 시작했다.

희망이 보이기 시작했다.

내 사진의 가치를 증명할 기회가 찾아왔다.

가슴이 두근거렸다. 이제 시작이다.

본식 스냅 포토그래퍼로 조금씩 성장을 했다

무료로 촬영을 시작한 지도 한 달이 되었다.

이젠 슬슬 유료 촬영도 들어오기

시작하면서 생활이 안정되기 시작했다.

그러나 여전히 나를 고정적으로

고용해 주는 업체도 없었고

내 업체로 직접 찾아오는 손님도 없었다.

또, 다시 고민해야 할 시점이었다.
마음을 다잡고 다시 나를 마주하려던 순간
한 곳에서 전화가 왔다.
고정적으로 함께 일해 보자는 제안이었다.

하지만 그 업체는 업계 최저보다 낮은 수준의
페이를 제시했다.
일이 꾸준히 있고 일정한 수입도 들어오겠지만
페이가 너무 낮았다.

그럼에도 불구하고 어쩔 수 없이 받아들여야 했다.
나는 여전히 성장해야 했고
더 많은 경험을 쌓아야 했기 때문이다.
어떻게든 이 업체를 이용해
나는 성장시키고 발전해야만 했다.

그렇게 경험을 계속해서 쌓고, 자신감이 붙었다.

곧 이다.

성공할 날도 곧

현실은 냉혹했다

거의 6개월 가까이 투잡하며 버텼지만
단 한 명의 고객도 없었다.
결국 나는 업체를 접고
다시 사진 스튜디오에서 일하면서 나를 다듬었다.

무엇이 부족한지
어떻게 성장해야 하는지
어떻게 고객을 만들어야 하는지
끝없이 고민했다.

그러던 중 우연히 알게 된
작가님 덕에 내 생각의 틀이 깨졌다.

작가님의 조언을 듣고
내 업체를 새롭게 가다듬어 가기 시작했다.

'본식 스냅 업체가 전부인 게 아니라,
신랑·신부님을 위한 업체로 남자'

그렇게 내 방향성은 정해졌다.
업계에서 흔하지 않은 방식으로 마케팅을 시작했다.
흔히 추가금이 붙는 추가 사진 수정,
헤어메이크업샵 촬영, 2부 예식, 폐백 등
이 모든 것을 무료로 제공했고
계약 전에는 무조건 미팅을 나섰다.

전국 어디든 상관없었다.
춘천이든 부산이든 괜찮았다.

고객이 있는 곳이라면 어디든 달려갔다.

나는 전국을 다 돌아다니기 시작했다.

그러자 슬슬 자리가 잡히게 보였다

내가 최선을 다하는 만큼
고객들도 나에게 최선을 다해주었고
내 열정을 본 고객들은
자연스럽게 주변에 소개해 주기 시작했다.

업체 리뷰를 볼 때마다
너무 뿌듯해서 계속 스크랩했다.
그리고 그걸 피드백 삼아
내 장점을 발전시키고 단점을 지워갔다.

나를 바꿔준 작가님한테 감사하며
나 역시 작가님 업체 일 또한 최선을 다해 도왔다.
가끔 둘이 마주 앉아 커피를 마시며 담소를 나누며
작가님의 경험담을 이야기 듣기도 하고

새로운 아이디어들을 얘기하며 서로 발전해 나갔다.
이젠 서서히 자리를 잡아갔다.

덕분에 나도 평범한 꿈을 꾸게 되었다.
평소 내 지출의 90%가 밥값이었지만
이대로 돈을 모아 결혼도 하고
평범하게 살아가는 것을 꿈꿀 수 있게 되었다.

돈을 모으고 인간관계도 술 약속도 다 포기한 채
꿋꿋이 일만 했다.
주말에는 결혼식장에서
평일에는 사진 보정을 위해 집에서 시간을 보냈다.
잠을 못 자면 못 자는 대로 상관없었다.
피곤해도 사진을 찍고
보정할 수 있다는 사실이 너무 좋았다.

잠을 포기했기에 남들보다
4시간 정도는 더 시간이 많았다.

의외로 내 밤은 낮보다 더 길었고
그래서 일에 몰두하기 좋은 환경이었다.
밤늦게까지 앉아
홀로 수많은 사진을 정리하고 보정하고 있으면
창밖으로 해가 뜨는 걸 보며 잠에 들었다.

지난 6개월 누려보지 못한 이 생활이
너무 소중했고 좋았다.

본식 스냅은 내 인생처럼
다이내믹해서 재밌다

본식 스냅을 찍다 보면
예상치 못한 상황들이 많이 일어난다.
야외웨딩 촬영일 땐
비를 맞으며 촬영하는 경우는 기본이고
상상하지 못하는 여러 일이 일어났다.

한번은 양가 부모님의 화촉점화가 끝난 후
정면에서 촬영하고 있었는데
내 카메라 화면에 불길이 점점 커지는 모습이 보였다.
화들짝 놀라 직원에게 얘기해서
더 큰 화재로 번지기 전에 막을 수 있었다.

이런 작은 에피소드는 가볍게 넘길 수 있지만
나에게는 가장 큰 사건이 한 번 있었다.

서브 촬영으로 계약하고 촬영하러 갔는데
있어야 할 메인 작가님이 보이질 않는 것이었다.
처음엔 늦는 줄 알았지만
시간이 지나도 나타나지 않았다.
모두가 나를 바라보곤 진행을 왜 안 하지?
하는 표정으로 쳐다보고 있었다.

그때 눈치챘다 아 메인이 없구나 ,

등골이 서늘했다. 메인 작가는 필수인데 없다니
무슨 사정이 있는지는 모르겠지만
나는 이 상황에서 어떻게 해야 할지
머리가 복잡해졌다.
서브 작가의 페이를 받고 메인을 대신해야 한다니
게다가 장비도 간소하게 들고 왔는데 가능할까?

그래도 좋은 게 좋은 거라고
메인을 자처해서 촬영하기 시작했다.

하지만 내 마음과 달리 그날은 운이 따라주지 않았다.
촬영에 가지고 온 렌즈 3개 중 2개가 고장나버린 것이다.
게다가 유일하게 고장나지 않은 게 렌즈가 망원렌즈였다.
온몸에 땀이 흐르고 근육 하나하나가 긴장되어
몸이 제대로 움직이지 않았다.

어떻게든 찍어야 했지만,
단체 사진 촬영이 문제였다.
단체 사진을 찍을 때
나는 버진로드 끝까지 뒤로 물러서서 촬영을 시작했다.
신랑·신부님에게 닿지 않는
내 목소리처럼 상황이 너무 답답했었다.
고래고래 소리 지르며 사람들의 위치를 잡아주고
다시 자리로 뛰어오길 반복했다.
그렇게 땀이 온몸을 적셨을 때 겨우 촬영을 마쳤다.

"오늘 사진 너무 잘 나왔으니 걱정마세요. 신혼여행 잘
다녀오세요."

인사를 드리고 집에 돌아왔다.

긴장한 탓인지 온몸에 근육통이 찾아와

도저히 앉아 있을 수조차 없었다.

누워서 이틀을 끙끙 앓아야 했다.

정신을 차리고 보니 신부님이 어려운 부탁에도

잘해주셔서 감사하다는 인사와 함께

커피라도 드시라며 기프티콘을 주셨다.

이왕 이렇게 된 거 위기도 기회라고

샘플로 써도 되는지 앨범으로 제작해서

신랑·신부님에게 소개용으로 써도 되는지 여쭤봤다.

당당하게 허락받았다.

인생 첫 샘플 컷과 앨범이 생겼다.

나는 '등가교환'이란 말을 좋아했다

너무 공평했고 그게 당연하다 느꼈다.
어쩌면 투자의 개념으로 느껴지기도 했다.

업체를 키우기 위해 내가 갖고 있는
가장 큰 재산을 투자해야 한다는 생각이 들었다.
하지만 나에겐 돈도 인력도 없었다.

그렇게 아쉬움을 토로할 때쯤
갑자기 스친 생각이 있다.

'젊음, 그리고 시간'

그게 바로 내가 가진 가장 큰 자산이었다.

잠이야 줄이면 되고 젊다고 노는 애들 사이에서
휩쓸리지 않고 일했으면 됐다.

이 생각이 들고 나서는
해를 보지 못하는 생활이 시작되었다.
아침 7시에 잠들어 11시에 일어나
작은 해만 드는 옥탑방에서
하루에 1,000장의 사진을 보는 루틴을 지키고
고객들의 사진을 보정했다.

틈틈이 미팅도 나가기도 했고,
밤을 새우며 보정작업에 몰두했다.

가진 게 없는 게 아니라 가진 것을 못 본 것이었다.
생각이 바뀌자 다시 활력이 느껴졌다.

희망을 맛보았을 때 찾아온
절망은 가장 큰 고통이었다

생각의 정리도 끝나고 업체도 자리 잡아 가며 성장할 무렵
가장 큰 시련이 찾아왔고,
그 시련 하나에 나는 완전히 무너졌다.

'코로나'

무서운 전염병이 창궐했다.

사람이 모여야만 진행되는
웨딩 특성상 너무나 큰 직격탄을 맞았다.

개운하게 자고 일어났는데
휴대폰이 불타듯이 울리고 있었다.

코로나가 하루아침에 세상을 바꿨듯,
내 인생도 순식간에 바뀌었다.

불타는 휴대폰 속 모든 내용은 똑같았다.

'코로나 때문에 예약 취소'

순식간에 예약금으로 받은 돈을 다 토해내야만 했다.
누굴 탓할 수도 없이
그저 순순히 돈을 다 토해냈다.

여기서 끝났다면 다행이었지만
취소된 예약만큼 나는 일이 없어졌고

다시 내 삶에 쉼이 찾아왔고
그것은 또다시 독이 되었다.

할 게 없었다.
아니, 할 수 있는 게 없었다.

다시 스케줄을 잡을 수도 없었고
나에게 일을 줄 사람도 없었다.

그저 일어나면 멍하니 벽만 바라봤다.
보정작업도 진작 마쳤,
카메라 들고 밖으로 나가야 할 시간에도
나갈 수 도 없었다.

일어나고 싶었다.
근데 내 힘으론 무리였다.

정신적으로도 나약해졌다

고민만 하며 하릴없이 누워있었다.
방송작가를 그만두었을 땐 무엇을 해야 할까?
이게 고민이었다면,
지금은 무엇을 할 수 있을까?
할 수 있는 게 존재할까? 이게 고민이 되었다.

다시 취업하고 싶어도 웨딩이
너무 축소가 되었기 때문에 갈 수가 없었다.
아무리 고민해도 답은 하나였다.
코로나가 끝나야 한다.

멍했다.

하루하루가 무의미하게 흘러갔다.
시간은 흐르지만, 내 시간은 정지되었다.

꿈과 목표로만 가득해 멈추지 않았던
머릿속이 이제는 공허와 불안으로 가득 찼다.

이대로 안되겠다는 생각에 밖으로 나섰다.
목적지도 없었고 할 수 있는 거라곤 걷는 것밖에 없었다.
그렇게 하루에 4시간을 걸었다.

이거라도 해야지 내가 죽지 않을 것 같았다.
그저 계속해서 걸었다. 멈추고 싶지 않았다.

걸으면서도 내 머릿속은 멍했다.
덥수룩한 수염과 엉망인 머리를 정리하지 않은 채
터벅터벅 걷는 내 꼴을 보면 누군가는
코로나에 이어 좀비도 창궐한 줄 알았을 거 같았다.

걷는 게 부족했다면 새벽에도 걸었다.
어느 순간 목적지를 마주할 수 있지 않을까?
하는 작은 희망으로...

집에 돌아와 방구석에 박아놓은
카메라를 불과 몇 주 전이 그리워서 다시 잡아봤다.
메모리카드는 비어있었으며 무거웠고 차가웠다.

카메라조차 기억을 못하고
초점을 잡지 못하고 있었다.

나랑 똑같다.

불안증세는 심해져만 갔다

잠을 자다가도 휴대폰 액정이 켜지기만 해도

벌떡 일어나 휴대폰을 확인했다.

혹시 예약 문자가 있지 않을까?

업체에서 일 관련 문자일까?

하는 기대에 서둘러 화면을 열어보았지만

늘 똑같았다. 대출 광고 문자였다.

허탈감에 휴대폰을 집어 던지고 다시 침대에 몸을 눕혔다.

몸을 짓누르는 압박감은 계속해서 사라지지 않았다.

점점 돈이 말라갔다.

월세도 내야 했고 몸을 움직이면

좀 괜찮지 않을까 싶어 상하차 일을 시작했다.

막대한 짐을 옮길 때마다 온몸이 쑤셔왔다.
차라리 이 고통이 나았다.
몸을 고되게 쓰니 잠시라도 잡념이 사라졌으니까.
하지만 마음 한구석엔
항상 불안이 똬리를 틀고 있었다.

'언제까지 이러고 살아야 할까? 나아질까?'

그러다 나와 동갑인 작업자가 다가와
폭언하며 시비를 걸었다.
여기서 몇 년 일했다는 이유로
텃세를 부리는 건지 그저 어이없었다.

한참 동안 듣다가 짜증이 나서 싸웠다.
괜한 자존심 때문에
비루한 내 신세를 대변하는 말을 내뱉었다.

"웨딩 프리랜서로 하면 네가 여기서 몸 혹사시켜
며칠 동안 번 돈 그냥 4시간이면 벌어"

치졸하고 옹졸하기 그지없는 말이었다.

그 말을 뱉고 나니 오히려 내가 더 초라해졌다.

상대방의 눈빛에서 비웃음을 느낄 때,

내 현실을 자각했다.

너무 비루하고 쪽팔려서

유니폼을 집어 던지고 막차를 타고 집으로 향했다.

너무 비참했다.

할 수 있는 것도 없는데 자존심만 부린 꼴이라니

집에 가는 버스 안

땀에 젖은 옷이 너무 무거웠다.

집에 돌아와 씻고 누웠다.

몸이 너무 아팠다.

기대고 돌아갈 수 있는 곳이 없었던

내가 너무 원망스러웠다.

오늘따라 촬영이 너무 그리웠다.

상황은 계속해서 나를 옥죄었다

작가님과 크게 싸웠다.

그분의 촬영이라면 적은 페이라도

마다하지 않고 최선을 다했었는데

그분이 나를 믿었다는 이유로

촬영 백업 본을 확인하지 않았다.

몇 개월이 흐른 뒤,

그 파일에는 일부 누락이 발견되었다.

한 달만 빨리 발견했어도

메모리카드를 복원시켰을 텐데, 너무 늦어 버렸다.

우리는 전화로 한참을 싸웠다.

서로의 목소리가 갈라지고 분노로 떨렸다.

결국, 함께 아는 형의 중재로 싸움은 멈췄고

카페에서 대화를 나누기로 했다.

평소라면 만나면 반가워 미칠 거 같았는데
지금은 화가 치밀어 미칠 것 같았다.
차가운 커피잔을 만지작거리며 겨우 분노를 삭였다.
대화를 나눌 때마다
어긋나는 감정에 나는 속이 갈기갈기 찢어져 갔다.

작가님은 나를 믿었다는 이유로
모든 책임을 내게 전가했다.
나는 억울하고, 화가 났다.
나 역시 작은 업체를 운영하며
아무리 잘하는 작가라고 해도
항상 파일을 확인하고 백업을 해왔었다.
그분을 못 믿어서가 아니라
이것이 기본이라 생각했기 때문이다.
그런데 작가님은 기본적인
확인도 하지 않고 나를 믿었다는 이유로
모든 것을 내 탓으로 돌리고 있었다.

"너도 알잖아. 우리 업계에서
아무리 작은 실수라도 큰 파장을 일으킬 수 있는지,
그래서 내가 널 믿고 맡겼던 거잖아"
차가웠다, 처음으로 작가님의 말이 차갑게 느껴졌다.

"믿는다고 해결되나요?
기본적인 거 하나도 못 하는 사람이라는 걸
처음 알았네요."

나도 차갑게 맞받아쳤다.

대화는 더 이상 진행되지 못했다.
작가님은 고소하겠다는 으름장만 놓고 있었다.
이에 격분해서 나도 큰소리치기 시작했다.
옆에서 듣고 있던 형이 간신히 중재를 시도했다.
하지만 내가 믿고 존경했던 작가님이
이렇게까지 하는 모습을 보니 너무 실망스러웠다.

우리는 결국 책임을 반반씩 나누기로 하고
자리에서 일어났다.
나는 내가 갖고 있는 돈을 다 털어
작가님 통장에 돈을 보내면서 일어났다.
텅 빈 거리를 걸어갔다.
답답하고 느껴졌던 마스크가 지금은 오히려 다행스러웠다.
금방이라도 쏟아질 비명과 울음을
마스크가 틀어막아 주고 있어줬다.

다리에 힘이 풀려 벤치에 주저앉았다.
지난 시간 우리 부모님보다
더 의지하고 존경했던 사람이었다.
그에게 듣고 싶은 말은 단 한 마디였다.
"내가 실수로 체크 못 했다. 미안하다.
그래도 너 책임도 일부 있으니 같이 책임지자"

딱 이 말 한마디였다.
그런데 지금은 그가 나에게 책임을 돌렸다.
이제는 작가님과 쌓아온 모든 게 무너졌고

원망과 실망만 남았다.
똬리 틀고 있던 불안은 실망과 분노를 잡아먹어
더욱 커지고 있었다.

벤치에서 일어나 집으로 한참을 걸었다.
평소보다 더 멀고 낯설게 느껴졌다.
집이 가까워질 무렵, 어머니에게 문자가 왔다.

"오늘 생일이니깐 꼭 미역국 챙겨 먹어"

아... 나 생일이었구나,

남들은 축하받는 날

난 가장 믿고 의지하는 사람을 잃었다.

이제는 주변에 남은 사람이 없었다

사진에 열정이 있는 친구를 가르치고
키우며 경험을 쌓으라고 작가님을 소개해 줬었는데
그마저도 그 작가님한테 뺏겼다.
더 이상 사람에 대해 어떤 감정도 느껴지지 않았다.
그저 지금 내겐 이게 당연하다 생각이 들었다.
이제는 남은 게 없었다.

당장 의지하고 촬영 보낼 작가도
고민이나 아이디어를 얘기할 수 있는 듬직한 사람도
아무도 없었다.

또 무기력한 시간이 찾아왔다.
바깥으로 나가는 것조차 이제는 지쳤다.
게임만 반복해서 할 뿐이었다.

시간이 어떻게 흘러가는지
밤인지 낮인지도 모른 채 삶은 흘러갔다.

나도 살아가고 싶었다.
밀려드는 절망과 불안에 묻혀 사라진 내일이 그리웠다.

그러다 문자가 왔다.
스케줄이 나열된 업체의 연락이었다.
내가 나갈 수 있는 촬영이 빼곡히 박혀 있었다.

나는 바로 답장을 했다.

"다 가능해요. 일정 보내주세요"

이젠 사람들은 코로나에 익숙해져
조촐하게라도 결혼식을 올리려 했다.
밀린 결혼식들이 다시 물꼬를 트고 쏟아지기 시작했다.

모든 것을 잃었기에 다시 시작할 수 있었다.

다시 달릴 수 있다.

쌓여있던 불안을 발판 삼아 나갈 수 있다.

바쁨이 행복이 될 줄 몰랐다

1년간 쉬지도 않고 촬영과 보정에 목을 매달았다.
조금이라도 느슨해질 것 같으면
스스로에게 더욱 채찍질했다.

손가락 염증이 생겼지만
고통을 무시하고 일을 하다가
결국 병원에서 의사의 섬뜩한 경고를 듣고 말았다.

"더 늦었으면 손가락 잘랐어요"

그 말을 들으며
그동안 내가 스스로를 절벽으로 내몰았다는 걸 실감했다.
하지만 멈출 수 없었다.
다시 내가 쌓아놓은 게 언제 사라질지 몰라 두려웠다.

코로나로 잃어버린 스케줄들을 다시 정상화했다.
내 업체는 점점 단단해졌다.
나는 일을 통해 안정감을 찾았다.

사무실 없이 집에서 일하던 시간이 길어지고
집에 있으면 일이 없어도
만들어 일을 하는 강박도 깊어졌다.
컴퓨터가 있는데 일을 안 하고 있으면 오히려 불안했다.
마치 아무것도 하지 않으면 내가 사라질 것만 같았다.

그래서 일하는 공간과 쉬는 공간을 분리하기로 했다.
업체를 더 키울 겸 스튜디오를 열기로 했다.

이제 더 이상 흔들리지도 무너지지 않을
나만의 성을 만들기로 했다.

촬영하다 우연히 알게 된 작가님이 있다

촬영을 끝내고 같이 담배를 피우면서
이런저런 이야기를 나누던 중
스튜디오에 관한 얘기가 나오면서 급속도로 친해졌다.
그분은 신촌에서 사진관을 운영하고 계셨고
나에게 이런저런 스튜디오에
대한 조언을 아낌없이 해주셨다.

그 후로는 별다른 접점이 없어 연락이 뜸해졌지만,
그분의 이야기가 계속 머릿속에 맴돌았다.

용기를 내어 작가님의 스튜디오로
커피를 들고 방문했다.

작가님은 반갑게 나를 맞아주셨다.

마치 어제 만난 사이처럼 편하게 웃으시며

손짓으로 자리를 권했다.

작가님이 스튜디오에 대한 에피소드와 세팅 등

다양한 이야기를 차근히 해주셨다.

작가님의 설명을 듣다 보니

머릿속에 구체적인 스튜디오 그림이 그려지기 시작했다.

대화를 마치고 곧바로 카페로 갔다.

테이블 위에 노트와 펜을 꺼내고,

수많은 아이디어를 쏟아내듯 적어 내렸다.

내 스튜디오의 방향성이 점점 명확해졌다.

단순한 프로필 촬영에서 벗어나

다양한 컨셉의 배경과 시안을 섞어 새로운 경험을 주는 곳

결정이 끝나자 마음이 한결 가벼워졌다.

부동산에 연락을 해서 상가 자리를 알아보았다.

내 눈에 딱 맞는 곳을 찾는 건 생각보다 쉽지 않았다.

너무 비싸지 않으면서도 위치가 좋은 곳

오가는 사람들의 발길이 닿을 수 있는 곳이 필요했다.

며칠을 돌아다닌 끝에 드디어 마음에 드는 공간을 찾았다.

내가 머릿속으로 그리던 모습과 잘 맞아떨어졌다.

망설임 없이 계약서를 작성했다.

내가 꿈꾸던 공간을 현실로 만들기 위해

직접 발로 뛰며 준비해야 할 것이 많았다.

필요한 장비와 소품들을 리스트로 정리했다.

하나하나 준비해 가며

스튜디오가 조금씩 구체화되어 가는 모습을 상상했다.

이제는 본격적인 공사를 준비했다.

준비된 자본은 별로 없었기에,
당연히 내가 해야 했다

페인트칠이나 가구 소품 배치는 내가 하기로 결정했다.
스튜디오의 모든 것 작은 부분 하나하나까지
내 손을 거쳐 완성될 생각에 설레었다.
고향 친구가 올라와서 도와준다고
우리집에서 숙식을 함께 하기로 했다.

오랜만에 만난 친구와 함께
작업을 하니 힘들지만 재미있었다.

스튜디오 공사가 한창일 때 곧 샘플을 찍겠다고
친한 배우, 모델들에게 연락을 돌렸다.

한참을 친구와 함께 추위에 떨며 페인트칠하고 있는데
갑자기 누군가가 문을 두드렸다.

"작가님! 도와주러 왔어요"

돌아보니 친한 배우 한 명이 커피와 간식을 들고 서 있었다.
너무 놀라 순간 멈칫했지만 이내 반가움에 웃음이 터졌다.

"작가님 뭐 도울 일 있어요?"

하며 매일매일 다른 사람들이 찾아왔다.
무대에서 빛날 그들이 새하얀 먼지와 페인트를
묻혀가며 나를 도와주기 시작했다.
고마웠다. 진심으로 가슴 깊이 고마웠다.
아무도 없을 줄 알았던
내게 이렇게 많은 사람이 힘이 되어주고 있었다.
지금껏 혼자라고 생각했는데

정작 주변에는 나를 위해 손 내밀어 줄 사람들이
가득했다는 사실을 깨달았다.
일에 치여 나만 바라보던 시간 속에서
나는 내 옹졸하고 좁은 마음 때문에

주변을 둘러보지 못했던 것이다.

공사를 하며 틈틈이 나눈 대화들은 나를 다시 웃게 했다.
어쩌면 지금까지 내가 느꼈던 외로움과 불안은
스스로 만든 때문이었을지도 모른다.
그 벽을 허물자 마치 눈을 뜨고
새로운 세상을 보는 것처럼 주변이 환하게 보였다.

하루하루가 지나가면서 제법 구색을 갖춰갔다.
벽에 색이 입혀지고 가구들이 자리를 잡고 소
품들이 배치되었다.
바닥에 흩어진 먼지를 쓸어내면서
완성되어 가는 스튜디오를 보며 마음이 벅차올랐다.
이 공간에는 나의 꿈뿐만 아니라
나를 응원하는 사람들의 마음도 함께 담겨있었다.

스튜디오를 공사하고 나서 느낀 게 있었다

삶은 우리가 그것을
어떻게 꾸미느냐에 따라 색깔이 달라진다.

어떤 색으로 칠할지, 어떤 소재로 채울지.
어떤 분위기를 만들지

결국 선택은 우리의 몫이다.

때로는 삶이 무채색으로 느껴질 때도 있고
반대로 너무 많은 색이 섞여 혼란스러울 때도 있다.
그러나 그런 경험들이 우리를 더 풍요롭게 채워준다.

이 스튜디오는 단순히 사진을 찍는 공간이 아니라,
내 생각 내 행동 내 버릇 하나하나가
담겨있는 곳이었다.

여기서 나는 벽면에 바닥에
그리고 천장에 내가 촬영하는 습관과 버릇을 담아냈고
그 행동이 담긴 사진 속엔
내 감정과 생각이 녹아들었다.

그렇기 때문에 스튜디오는
나를 담아내는 그릇이기도 하며
내 정체성을 반영하는 거울과도 같은 곳이었다.

이 공간을 만들면서 나는 문득 깨달았다.
삶도 이와 다르지 않다는 것을
삶의 각 부분을 어떻게 채우고
어떤 색깔로 칠하느냐에 따라 나의 삶이 달라진다는 것을

공사 틈틈이 계속 생각해 보았다.
내 생각에 비롯된 공사들이 어떤 모습으로 될지
결국 나는 어떤 모습으로 남들에게 설지 궁금했었다.

내 손끝에서 탄생한 이 공간은 단순한 건축물이 아닌,
내 캔버스였다.
내 감정과 생각을 담아내고
내 열정을 보여주는 무대였다.

이 공간이 완성될 때쯤
나는 아마도 날 오롯이 마주 보지 않을까 생각했다.
과거 나의 경험과 현재의 내 생각과
미래에 내가 그리는 그림을

이제는 루틴이라는 게 생겼다

예전에는 매일 눈 뜨면 컴퓨터를 켜고 바로 일에 몰두했다.

주말에는 어김없이 웨딩 촬영을 나가는 생활을 했었다.

쉬는 시간도 휴무도 없었다.

그저 일하다 잠시 게임이나

다른 일로 머리를 식히곤 했지만....

결국 다시 일로 돌아가는 생활의 반복이었다.

온종일 머릿속은 일로 가득 차 있었고

휴식이라는 단어는 어울리지 않았다.

스튜디오를 열고나서는 루틴이 생겼다.

이제는 하루하루가 일정한 리듬 속에 흘러가고 있었다.

아침 10시에 슬그머니 출근해서 하루를 시작한다.

예약이 있으면 촬영을 준비하고

손님을 맞이하며 그에 맞는 촬영을 했고

없으면 2시간가량 그날의 일정과 해야 할 일들을 정리했다.
그런 다음 점심을 먹고 본격적으로 보정을 들어갔다.
사진을 한 장 한 장 다듬으며 시간 가는 줄 몰랐고,
정신없이 일을 하고 나면 10시쯤 집에 돌아갔다.

집에 도착하면 곧바로 샤워하고 침대에 누워 휴대폰을
만지작거리다 잠들었다.

그렇게 하루가 지나갔다.

사실, 이 루틴은 누구나 하고 단순해 보일 수 있지만
나에게는 큰 의미를 준다.
과거에는 쉼 없이 달리기만 하던 나날들이었지만
이제는 규칙적인 생활 속에서 안정을 찾았다.

하루의 시작과 끝이 정해졌고 그
 사실만으로 너무 행복했다.
그 사이의 시간을 온전히 집중하고 즐길 수 있게 되었다.

작은 변화였지만 나는 한층 더 사람으로서 나 자신으로서 살아갈 수 있게 되었다.

퇴근하는 길 우연히
괜찮은 술집을 발견했다

.

테이블이 4개 남짓 있는 작은 술집이었다.
외부 테이블도 있고, 분위기도 생각보다 꽤 괜찮았다.
그래서 퇴근길에 홀로 가서 술을 한잔 마셨다.
사모님은 일본에서 유학해서 먹어본 음식들을 만들었고,
사장님은 유쾌하게 다양한 이야기와
음식을 접목해 손님을 대접했다.

많은 사람을 상대하기보단
방문한 손님 한분 한분을 상대했었다.

홀로 조용히 먹는 내가 눈에 밟혔는지
계속해서 서비스를 주며
오늘 하루 대한 이야기를 조용히 나눴다.

누구나 공감할 수 있는,

그렇지만 누구나 간직할 아픔을 이야기하셨다.

점점 이 술집의 매력에 빠져갔다.

어느 주말 웨딩촬영과 스튜디오 촬영에

정신이 없이 하루를 보내고,

그 술집에 방문했다.

온종일 정신없던 모습이 티가 나서였을까?

사장님은 나에게 말을 거셨다.

"한 끼도 못 드셨죠?

사장님의 통찰력에 감탄했다.

사실 새벽 5시에 일어나서 아직 한 끼도 못 먹었었다.

배도 너무 고팠지만, 피곤함이 더 컸기에

밥과 술을 같이 해결하고 집으로 가서

얼른 자고 싶었었다.

"네...."

나지막이 대답하자 사장님은

"라면 드실래요? 제가 진짜 잘 끓여요."

시장이 반찬이라고 배가 너무 고팠기에 뭐든 좋았다.

"네 감사합니다."

대답하곤, 술과 안주를 이어서 주문했다.

시간이 흐르자,
내가 주문한 안주와 사장님이 말씀하신 라면이 나왔다.

별거 없이 평범한 라면을 주실 수 알았지만.
남은 재료들과 대파, 양파 등을 섞어

근사하게 끓여주셨다.

생각지 못한 선물을 받고 피로가 풀려갈 때쯤
사장님은 다시 말씀하셨다.

"그래도 드시고 다녀야 돼요."

"정말 감사합니다.
매출도 안 나오는 손님일 텐데 신경 써주셔서"

내가 진심을 담아 표현하자 사장님은 미소를 지으시곤,

"저희야말로 감사하죠 늘 맛있게 드셔주시고,
재밌는 이야기들을 해주시니깐요,
앞으로 계속해서 방문해 주세요.
저희가 해드릴 수 있는 요리가 있으면 언제든 해드릴게요."

정말 그랬다.

이 술집을 방문할 때마다
늘 서비스로 다양한 음식들을 대접받았다.

그 음식들은 단순한 음식이 아닌,
사람의 온기가 담긴 마음임을 느낄 수 있었다.

누군가의 따스함을 정말 오랜만에 맛봤다.

스튜디오를 운영하면서
여러 사람을 만났다

홍보하기 위해서
홍대, 신촌을 오가며 많은 사람들을 섭외하며
다양한 댄스팀부터 일반인, 그리고 외국인까지

정말 다양하게 촬영했고, 솔직한 피드백도 받았었다.

한 번은 버스킹을 하던
외국인들을 섭외해 촬영을 진행했는데,
알고 보니 그들은 러시아에서 온 친구들이었다.
전쟁 중인 고국 때문에 오히려 눈치를 보는 느낌이 들었다.
촬영을 하면서 나는 말을 아꼈다.

그들은 한국에 있어 평화롭지만 가족이 그립기도 하고
한순간에 용돈이 끊겨 상황이 어렵다고 얘기했었다.

그래도 카메라 앞에 설 땐 세상 누구보다 당당하고 멋졌다.

그들의 긍정적인 에너지와 열정에
난 감사함을 담아 따로 촬영비를 챙겨주며,
나중에도 다시 보자고 약속하고 촬영을 마쳤다.

그녀들은 결국 그 돈을 우편함에 꽂아 넣고는
작은 메모를 남겨놨다.

사진으로 나를 담아주셔서 감사합니다.
저에게 그게 최고의 선물입니다.
챙겨주신 건 가슴속에만 담아두겠습니다.

사진이 최고의 선물이었다니 고마웠다.
내 사진이 그만큼의 값어치가 있었다니.

또 한번은 인근에 미용실을 가면서
디자이너분들을 섭외해 무료로 프로필도 찍어드렸다.
그녀는 내 사진의 결과물을 맘에 들어 했고

나와 파트너 쉽을 맺기도 했었다.

이런 노력 때문일까?
각종 샘플과 일반인 대상으로
촬영한 결과물이 꽤 잘 나왔다.

신촌의 특성상 대학이 많아 증명사진이 많은데
내 스튜디오는 화보와 같은
높은 퀄리티의 사진들이 즐비했었다.

증명사진도 이런 퀄리티에서 찍으면 잘 나오지 않을까?
라는 생각 때문인지
많은 대학생이 증명사진으로 문의를 주기도 했다.
아쉽지만, 증명사진은 누구나 찍을 수 있는
사진이라 생각해 받진 않았다.

내 사진이 세상에 퍼지기 시작했다

오랜 시간 합을 맞춰왔던 한 댄서가 있었다.
어느 날, 평소와는 전혀 다른 이미지를 담은
시안을 들고 내게 찾아왔다.
그녀는 다소 망설이는 듯한 표정으로
"이렇게도 해볼 수 있을까요? 도와주실 수 있나요."
라며 평소 당찬 모습과 반대되는
자신 없는 모습으로 물어봤다.
평소 페이 없이 작업하던 우리 사이였지만,
이번에는 정식으로 페이를 지급하며
신경 써 달라는 부탁을 했다.

촬영 날,
그녀는 평소와 다른 모습과는 다른 차림으로 나타났다.
낯선 스타일의 옷과 메이크업,

그리고 의도적으로 어색함을 숨기려는 미소.

우리는 익숙지 않은 분위기 속에서 촬영을 시작했지만,
이내 촬영에 집중하며 최선을 다했다.
서로 낯선 감정을 숨긴 채 시간이 흘러가고 있었다.

촬영이 끝나자,
그녀는 숨을 고르곤 내게 마음속에 담긴 이야기를 꺼냈다.

"저 댄서를 그만두려고 해요.
이젠 유튜브와 틱톡을 시작해 보려고요."

깜짝 놀랐다.
늘 무대에서 끼와 에너지를 발산하며
그걸 자부심 가지던 그녀였기에,
그 결심이 쉽지 않았을 거란 걸 알고 있었다.
그러자 그녀는 이어서 말했다.

"그래서 이미지 변신을 해보려고
정반대 느낌의 사진을 촬영 제안했어요."

어색했지만 새로운 출발에선 그녀는 정말 멋있었다.

그 후 그녀는 빠르게 유명세를 타기 시작했다.
유명한 유튜버의 멤버가 되기도 했으며
혼자서도 구독자 20만 명은 가뿐히 넘기는
유명 유튜버가 되었다.

어느 날 내 유튜브 알고리즘에 그녀의 영상이 나타났다.
구독이라도 해줄까 하고
그녀의 채널로 들어가자 낯익은 사진이 보였다.

바로 내가 찍어준 사진이었다.
그때 그 사진을 그녀는 프로필로 설정했다.

시간이 많이 흐른 지금도
그녀는 여전히 그 사진을 사용했고

단 한 번도 변경하지 않았다.

새삼 기뻐 이곳저곳에 자랑하고 다녔다.

하지만, 한편으론 아쉬움도 있었다.
유명해진 후로 그녀에게서
연락은 한 번도 오지 않았다.
그 점이 서운하긴 했지만
잘되는 모습을 보니 기분이 좋았다.

그래도 뭐 잘됐으면 됐지!
앞으로 악플 때문에 상처받지 않았으면

그리고 더 잘되길

스튜디오가 생기자 정말 미친 듯이 달렸다

마케팅도 공격적으로 펼치고,
내 열정과 진심이 담긴 노력이 결실을 맺으면서
많은 고객이 우리 업체의 매력에 빠져 찾아왔다.

매일 아침에 일어나면 웨딩관련 문의 문자를
해결하느라 출근길은 지루할 틈이 없었고,
출근 후에는 이와 관련된
문의와 요청을 정리하는데 시간을 썼으며,
일정과 계획을 정리하느라 정신없이 바빴다.

예전 같았으면 이런 예약 문의가 있었으면
미팅 다니느라 바빴을 텐데
이제는 고객들이 직접 스튜디오로 찾아왔다.

그로 인해 나는 바빠졌지만

오히려 시간적인 여유가 생겼다.

미팅을 위해 늘 약속 시간보단 30분을

일찍 도착해 준비했던 시간이 없어졌기 때문이다.

어느새 나는 예약금만으로 대기업 월급보다

더 많이 벌기 시작했다.

시간도 효율적으로 쓸 수 있었고

일도 순조롭게 진행되기에

이대로만 가면 문제 없겠다 싶었다.

하지만,

언제나 문제는 항상 조용히 그리고 아프게 찾아왔다.

웨딩 업무가 바빠지니 스튜디오에 점점 소홀해졌다.

스튜디오 규모도 꽤 크기 때문에

월세와 관리비도 적지 않았는데

정작 스튜디오 자체에서 발생하는

수익은 점점 줄어들고 있었다.

열심히 준비한 스튜디오는

결국 상담용 공감 그 이상 그 이하도 아닌,

단순 사무실로 전락하고 말았다.

스튜디오로써 본질도 빛도 잃었다.

이럴 거면 차라리

작은 사무실만 내면 나았을 거라는 후회가 밀려왔다.

다시 몸은 지쳐갔다

내가 이렇게 나약한 사람인가
싶을 정도로 무기력해져갔다.

웨딩스튜디오는 잘돼가서 걱정도 없었지만,
다른 문제들이 발목을 잡기 시작했다.
스튜디오가 지하에 있는 오래된 건물에 있어서
돈벌레부터 지네, 바퀴벌레 등
다양한 벌레의 온상이었다.

거기에 그치지 않고 쥐도 많았다.

스튜디오 일조차 신경 쓰지 못하고 있었는데
이런 벌레들과 쥐와 전쟁을 벌였다.
하지만, 여기서 그치지 않고 새로운 문제인 누수도 생겼다.

어느날 촬영을 마치고 탈의실에 들어가니
손님이 가져온 옷들이 물이 새서 전부 젖기도 했었다.
이런 사태가 벌어지지 않도록
건물주에게 여러 번 얘기했지만 별다른 조치가 없었다.

어떻게든 고쳐보려 공사를 이어갈수록
내 적자만 이어져갔다.

이대로는 여기서 상담조차도 못할 지경에 이를 것 같았다.
결국 건물주와 대판 싸우고 나가기로 결정했다.

사무실과 스튜디오가 있었으면 좋겠지만,
촬영 중에도 벌레가 나와 놀라는 상황이 많아졌기에
내 일 중 가장 큰 비중을 차지하는 웨딩 미팅 중에
이런 일이 일어나면 정말 큰일날 것 같았다.

나는 입소문으로 마케팅을 진행했던 케이스이기에
이런 소문이 너무 민감했기 때문이다.
더는 손해를 보기 어려웠기 때문에 나가기로 했다.

정말 열심히 준비하고 모든 것을 쏟아부었지만,
그 열정의 결실이 고작 1년도 가지 못했다.

정리는 일사천리였다

자리가 좋아서인지
내놓은 지 한 달 만에 인수할 사람이 나타났다.
인수 물품을 정리하고, 계약서까지 다 작성했다.
권리금과 보증금을 가지고
뭘 해야 할까 고민하다가 집을 이사 가기로 했다.
삶의 질을 높이고 웨딩에 전념할 생각이었다.

반지하에서 옥탑방 그다음은
내가 꿈꿨던 복층으로 이사 가기로 했다.
이삿짐센터와 계약도 마쳤고
이제는 집을 정리하는 일만 남았다.

반지하, 옥탑방을 포함해 4년 넘게 한 동네에서만 살았다.
아무 연고도 없는 곳에

급작스럽게 올라와서 외롭게 살았던 시간

그 시간을 정리하려니 많은 사람이 떠올랐다.

동네 세탁소, 편의점 아저씨, 집주인, 술집 사장님 ...

고마운 분들이 많았다.

그냥 떠나보내기에 아쉬워서

혼자 청승 좀 떨어보려고 술과 안주를 사 왔다.

한잔, 한잔 비울 때마다 취기 대신 지난 기억들이 떠올랐다.

서울에 올라오게 된 이유가 되게 단순했다.

첫째는 방송작가라는 특성상

거의 모든 일자리가 서울에 있었고

두 번째는 처음 서울에 혼자 갔을 때

봤던 노을 진 한강이 너무 예뻐서였다.

그때는 어린 마음에 성공할 거란

확신과 낭만만 좇아 서울로 올라왔었다.

서울은 한편으론 냉혹했고 한편으론 따스했다.

같이 존재할 수 없는 두 감정이 공존할 수 있는 곳,
그곳이 바로 서울이었다.

짧은 4년 동안 많은 일들이 있었다.
이젠 정든 이 집도 이 동네도 떠나야 했다.
슬슬 적응하며 주위에 여러 좋은 사람들도 많아졌지만
나는 연고지가 없는 경기도로 떠나기로 했다.

다시 동네에 적응하고,
사람들과 친해져야 하는 게 막막하지만 괜찮다.
어차피 한 번 해봤기에 더 잘할 수 있을 것이다.

취기가 올라오니 자꾸 지난 일들이 떠올랐다.

나빴던 감정도, 좋았던 감정도
나빴던 추억도, 좋았던 추억도
나빴던 사람도, 좋았던 사람도
나빴던 순간도, 좋았던 순간도

이 모든 감정이 한데 얽혀 마음을 어지럽히고 있었다.

이제는 다 비워두고 다시 새로 채워 보려 한다.

가슴속은 뭐가 가득할진 모르겠지만 괜찮다.

새벽 2시가 지나가고 있다

모든 것엔 시작과 끝이 있다.

나는 내 캔버스를 정리했고,
이제는 새로운 그림을 그리기로 했다.

내가 살아있는 한 이런 과정은 수없이
반복되고 결국 끝나지 않을 거란걸 알고 있다.
그럼에도 아쉬움이 남았고 미련이 생겼다.
그치만, 나아가야 했다.

여기서 주저앉으면 진짜 끝이기에,
어떤 시련이 오든 나는 나아갈 수밖에 없었다.

때론 쉬는 것도 좋지만
그럼에도 나아가야 했다.

마지막으로 생각을 정리하기 위해
마당에서 앉아 담배를 피웠다.
서울 하늘을 자세히 바라보면 은근히 별이 보였다.
오늘따라 유독 별들이 흐릿하지만, 조금 더 빛나고 있었다.
하염없이 별을 찾아가며 하늘에 집중했는데

혜성이 떨어졌다.
깜짝 놀라 하늘을 응시했다.
짧았다, 너무 짧았던 찰나의 빛이 지나갔다.

갑자기 혜성을 보게 될 줄 몰랐다.
너무 신기했다.
시골에서도 못 봤던 혜성이 내 눈앞에서 나타났다.

순간 울컥하며 눈물이 나왔다.
혜성이 떨어지며 남겼던 꼬리들이 내 기억들과 같았다.

짧게 그리고 강렬하게 지나간 시간.

첫 방송작가로서의 실패,
반지하에 허무하게 보냈던 날들
스튜디오에서 진급하지 못한 채 잊혀 갔던 시간
내 사업에 크나큰 타격을 입혔던 모든 것들

그런데도 포기하지 않고 달려왔던 기억들이 떠올랐다.

이 눈물은 슬픔도 기쁨도 아니었다.
지난 4년 동안 나를 채워갔던 모든 감정이 조금씩
비워져 가는 눈물이었다.

마음 한구석이 비어가기 시작했지만,
그 빈 곳에 무엇으로 채워질지는 아직 모르겠지만 괜찮다.

이제는 모든 것을 비워냈고
채울 준비를 마쳤다.

오래 살았던 집이 나에게 작별 인사를 하는 것일까?

혜성이 지나간 자리를 보며 괜스레 눈물이 나왔다.

그저 비워내고 있었다.

모든 것을 비우고 새로운 시작을 준비하며,
오래 살았던 집이 나에게 작별 인사를 할려고
혜성을 보내지 않았을까? 생각이 들었다.

나도 정든 집에 마지막으로 한마디를 하고
내일로 나아가기 위해 잠을 청했다.

안녕, 즐거웠어

넘어졌기에 빛났던 그날

초판 1쇄 발행 2024년 9월 12일
초판 1쇄 인쇄 2024년 9월 12일

지은이   민경재

디자인   포레스트 웨일
펴낸이   포레스트 웨일
펴낸곳   포레스트 웨일
출판등록   제2021 - 000014 호
주소   충남 아산시 아산로 103-17
전자우편   forestwhalepublish@naver.com

종이책   979-11-93963-44-9

작가님들과 함께 성장하는 출판사
포레스트 웨일입니다.
작가님들의 소중한 원고를 받고 있습니다.
forestwhalepublish@naver.com